촌촌여전

村村女傳

열다섯 겹의 여성 로컬 라이프

촌촌여전

상주함께걷는여성들

지식의편집

차례

1
장

작지만
반짝반짝
빛나고 있어

"지금 이 시간을 사는 나에게 가장 큰 세 가지가 무언지 묻는다면 논, 피자, 고양이라고 말하고 싶다.

'살롱 드 봉강' 자리를 보다 넓은 곳으로 옮기면서 '꾸'라는 새 이름이 생겼다. 피자와 빵을 안정적으로 만들며 사람들과의 인연을 부드럽게 이어갈 공간이다. 그간 피자를 팔아 생긴 수입은 일상의 필요를 채워주었고, 고양이들을 돌보고 먹이는 데에도 쓰였다. 앞으로도 고양이는 내가 돈을 벌어야 할 주된 이유일 터다. 이 모든 생활의 든든한 바탕이 되어준 건 논이다. 물이 자박한 논을 밟으면 세상을 다 가진 기분이다. 나를 품어주는 논은 그 존재만으로 삶을 버티게 한다."

황진영

제빵사, 요리사

호미 끝 세상

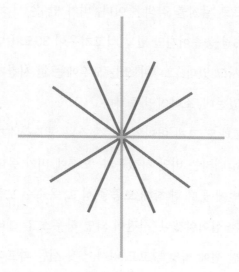

전미희

농부의 삶을 쟁취한 지 칠 년 차. 작년과 올해 다르고, 어제오늘 다른 작물을 키우며 기대감으로 하루를 시작하는 마음 부자가 되었다. 건강한 제철 샐러드 채소로 인정받고 싶다.

알람이 울린다. 5시다. 하지만 나는 이미 일어나 핸드폰으로 날씨를 검색 중이다. 비가 안 온 지 꽤 여러 날이고 6월 중순이지만 한낮 최고기온이 30도가 넘는 날이 이어지고 있다. 그나마 오늘 오후에는 한 시간가량 비 예보가 있는데, 소나기인 듯하다.

'그래도 그게 어디인가?' 호스나 물조리개가 어디 하늘에서 내리는 비만 하겠는가. 오후에 비가 온다고 했으니 저번에 못다 한 참깨 모종을 심고, 옥수수 모종 트레이도 옮겨 심어야겠다. 시간이 되면 하우스 안 셀러리 모종과 한참 전에 씨앗 넣고도 바빠서 못 심은 파프리카 모종도 심어야 한다.

누워서 크게 한번 기지개로 아침 운동을 대신한다. 갑자기 마음이 바빠지기 시작한다. 침향 한 알 씹어 먹고 작업복으로 갈아입는다. 십여 마리 고양이와 개 사료 챙겨주고 하우스 창문 개폐기 돌리며 오늘도 하루를 시작

1장 작지만 반짝반짝 빛나고 있어

한다.

밤사이 무슨 일은 없었는지, 내 소중한 작물이 얼마나 자랐는지 한 바퀴 둘러본다. 양배추 몇 포기는 수확해야 하고 고추밭, 콩밭 풀도 뽑아주고 쪽파 종구도 캐야겠구나. 오이, 여주 덩굴도 손봐야겠네! 고추 끈도 2단으로 묶어주고 꽃대 올라오는 상추, 치커리 뽑고…. 계획은 한두 가지였는데 한 바퀴 둘러보니 할 일이 태산이 되었다.

무엇부터 하지? 일의 순서를 정하는 것이 급선무다. 오늘 비가 온다고 했으니 우선 모종부터 심어야겠구나! 비가 온다고는 했지만 얼마나 올지도 모르고 지금은 해가 쨍쨍하다. 그러니 주전자로 물을 줘가면서 모종을 심는다.

작년 고추밭에 고춧대를 뽑지 않고 두었다. 초봄에 거기다 완두콩을 심어 덩굴을 올리고 수확했다. 이젠 고춧대를 뽑고 그 자리에 참깨를 심는다. 그러자니 고춧대 뽑으랴 풀 정리하랴 일이 더디다. 하지만 매번 밭을 뒤집지 않고 웃거름만 추가해 심는 것이 나름 노하우다.

부지런히 참깨 심고 둘러보니 깔끔해진 밭이 보기 좋다. 옥수수 모종까지 심고 나니 요란한 천둥소리와 함께 비가 쏟아진다. 딱 맞춰 끝냈구나! 이번엔 하우스 안에서 때늦은 파프리카 모종 밭을 만들고, 셀러리 모종도 심는다. 그런데 소리만 요란했지 비는 땅 표면도 제대로 적시지 못하고 끝나버렸다.

다시 해가 쨍쨍하다. 비도 비지만 하루 정도만 날이 흐려줘도 작물들이 정신을 좀 차릴 텐데 말이다. 밭에 점적테이프도 깔아보고 고무통에 물을 받거나 호스를 길게 이어 물을 줘보기도 했지만 자칫하면 오히려 뿌리가 위로 올라와 말라죽을 수도 있어 고민이 많다. 요즘엔 고랑에 물주기를 시도해보고 있다.

텃밭 농사를 하다 보니 손 가는 곳이 많다. 처음엔 관리기와 예초기도 썼지만, 워낙 다양한 작물을 심어 밭에 관리기 들이기도 힘들었다. 그래서 올해는 틀밭을 만들어 관리하니 훨씬 수월하다.

주위 농사지으시는 분들은 주로 벼농사에 배나 감, 그리고 집에서 먹을 텃밭 채소 정도를 심거나 단일작물로 크게 하시니 중간중간 농한기가 있는데 나는 텃밭 채소를 가짓수대로 심어 쉴 사이가 없다. 육체적으로는 힘들지만 포기할 수 없었다. 심을 수 있는 것은 모두 심어보고 싶었고, 다양하게 자라는 모습이 매일 기쁨을 주기 때문이다. 한번씩 동네 분들이 지나다 구경을 오시기도 한다. 이웃집 아주머니는 농약도 안 치고 아주 잘 키웠다고 칭찬도 해주셨다.

밑 빠진 통은 음식물 쓰레기를 넣어 호박밭에, 종이박스는 제초매트 대용으로 풀 나는 곳에 덮는다. 멸치액젓, 천일염, 고추 절인 물과 동치미 국물, 깻묵도 활용하고 산에 가서 부엽토, 은행이 섞인 은행잎도 긁어와 덮고 왕겨도 깔아본다. 아! 시간만 더 있으면 밭을 깔끔하고 예쁘게 풀 한 포기, 해충 한 마리 없이 키워보고 싶은데 말이다.

그런데 정작 수확은 힘만 들고 재미도 없다. 그 일은 누가 좀 대신해줬으면 좋겠다는 생각이 들기도 한다. 언젠가는 서리태를 가을에 수확해서 천막으로 덮었다 말렸다를 반복하다가 눈이 오고 나서야 작대기로 두들겨

콩을 거둔 일도 있다.

상주는 겨울이 길어서 비가림하우스 안에서 농사 짓기는 한계가 있다. 최대한 열풍기도 틀고 서큘레이터도 돌리고 '뽁뽁이'도 붙여 단열을 한다. 베이비 채소나 추위에 강한 작물을 심기도 한다. 창가에 씨앗을 뿌려 자라는 모습을 관찰하며 빨리 봄이 되길 기다리고 기다린다. 왜 남쪽 지방으로 귀농하지 않았는지 못내 아쉽다.

도시 농부에서 전업 농부로

내가 농사를 왜 이렇게 좋아하는지 나도 모르겠다. 공무원인 아버지를 따라 어릴 때 이사를 자주 했는데 지금도 그 집들에 어떤 나무가 어디에 있었고, 텃밭에 뭐를 심었으며, 뒤꼍 이끼 사이의 노란 꽃까지 기억한다. 초등학교 3학년 겨울에 이사 간 대구집은 마당의 포도나무와 장미로 기억한다.

나는 길치다. 어느 날 내가 왜 이렇게 길을 잃을까 생각한 적이 있는데 아마도 남의 집 담장이나 마당을 기웃거리느라 더 그런 듯했다. 담장이나 대문 위 스티로폼 박스에 뭐를 심었는지, 마당 자투리 텃밭에 무엇이 자라는지를 보고 집주인의 마음을 헤아려보기도 했다.

중학교 때 오빠, 언니와 남의 집에서 자취하면서도 한쪽 구석에 연탄재로 미니 텃밭을 만들어 고추 세 포기와 받아온 코스모스, 분꽃 씨를 심었다. 식물을 키운다는 것은 학교에서 돌아와 혼자 있는 시간이 많은 나에게 유일한 놀이이자 마음의 위안이었던 것 같다.

6월이면 부산에서 상주로 귀농한 지 만 칠 년이 된다. 부산에서 살 때도 늘 농사를 하고 싶었다. 어느 날 아는 언니가 '농사짓는 지인이 있는데 여분의 밭이 있다'며 땅을 소개해주었다. 우리 집에서 그리 멀지도 않은 봉래산 자락 골프장에 딸린 언덕배기였다. 평소에 이 길을 지나다니면서도 이런 곳이 있는 줄 몰랐다. 대나무와 소나무로 둘러싸여 골프를 치지 않는 이상 잘 보이지 않는 곳이었다. 언덕 아래부터 위쪽까지 넓은 밭이 여럿 있어 아래쪽 큰 밭은 관리인이 사용하고, 위쪽은 하고 싶은 대로 하라는 것이다. 관리인이 골프장 빈터 관리를 하고 있어

무료로 사용하게 해주었다.

바로 다음 날, 호미 한 자루와 씨앗 한 봉을 싸 들고 갔다. 호미로 땅을 파며 하늘 한번 보고, 주위를 둘러보며 '이게 꿈인가 생시인가?' 했다. 밭에 앉아있으면 완전히 시골에 와있는 듯했다. 도시에서 큰 보물을 얻은 기분이었고 세상 만물에 감사드렸다. 그날부터 해 뜨기 전 집을 나서 11시 알람이 울릴 때까지 농부가 되었다. 살면서 별로 나눌 것이 없었는데 채소 부자, 마음 부자가 되었다. 그 밭에서 내가 원하는 날까지 농사지을 수 있을 줄 알았다. 그런데 골프장 회장님이 노환으로 돌아가시고 사위가 물려받더니 이러니서러니 텃밭 출입을 금지시켰다. 키우는 셰퍼드 산책에 밭이 불편했던 듯하다.

그나마 다행으로 봉래산 자락에서 텃밭 분양을 했다. 나는 세 구획을 분양받아 트럭까지 빌려 고무통, 거름, 농기구, 심은 작물들을 옮겨왔다. 그것도 일 년 후 고구마농원을 한다고 재계약이 안 되어 '출입금지'. 그렇게 칠팔 년의 도시 농부 생활이 막을 내렸고 특단이 필요했다. '상주로 가자!'

귀농을 선택하기까지 여러 어려움이 있었다. 성인이 되어 독립한 자식들은 엄마의 꿈을 응원해주었지만 정작 남편은 반대했다. 때마침 아들이 아는 지인에게 수입차를 승계받으면서 타고 다니던 '모닝'을 아빠 몰래 어버이날 선물로 주었다. 남편이 한집에 차 두 대를 용납하지 않았기 때문이었다. 모닝을 아파트 앞 골목에 주차해두고 여러 가지 생각이 들었다. 자동차는 나에게 날개였다. 나는 다짜고짜 "상주로 농사지으러 갈 거야!"라고 선언해버렸다. 며칠 후 싱가포르로 취업한 딸이 떠나자마자 바로 다음 날로 처음 고속도로를 운전해 상주 공검 친정집으로 왔다.

이삼 년 전부터 귀농지를 알아보긴 했지만, 겉으로 보이는 땅값은 비쌌고 남편과 같이 움직인다는 것은 무리였다. 초기 비용을 별로 들이지 않고 자리를 먼저 잡아서 늦어도 이삼 년 안에 부모님한테 독립하고 남편과 합류한다는 계획이었다. 어찌 됐든 남편은 자신을 혼자 남겨두고 그렇게 떠난 것이 섭섭했을 터였다.

혼자 왔다고 걱정하실까 봐 미리 "이것만 꼭 해주

라"고 부탁했던 남편과의 전화통화로 부모님을 안심시켰다. 엄마에게 돌려받은 수화기 너머로 남편의 음성이 들렸다. "이제 오지 마!"

24시간이 모자라

나를 대표할 수 있는 주 작목은 '샐러드 채소'라고 말하고 싶다. 하우스와 노지를 뛰어다니며 여러 가지 제철 채소를 어우러지게 수확해서 먹기만 해도 건강해지는 샐러드 채소로 브랜드화하고 싶다. 사실 여러 가지를 심고 수확하려면 품값도 제대로 안 나오고 신경 쓸 일도 많다.

그나마 이제는 조금씩 알아주시는 분들이 생겨 기분은 좋지만 요즘 같은 날씨에는 이틀에 한 번씩은 뜯어주어야 해서 쉴 틈이 없다. 그러다 보니 온종일 바쁘다. 그래서 낮에 할 일과 밤에 할 일로 나누기도 하는데 사실 밤에 일하는 것이 더 좋다.

낮에는 햇빛과 더위로 꽁꽁 싸매고 있어 일의 효율

이 떨어지지만, 밤에는 오히려 시간적 여유도 있고 마음의 여유도 있다. 장화만 신었다면 하우스 물주기, 모종판 씨앗 넣기, 양배추 같은 것들도 수확하고 달팽이 잡으러 야간 순찰도 돈다.

올해 초 면에서 가로등을 설치해주었는데 길 건너 배밭 주인이 과수원으로 빛이 비친다고 방향 조정을 신청했고, 나는 내 밭으로 아예 돌려도 괜찮다고 했더니 빛 가리개를 뒤쪽에 씌워 그렇게 해주셨다. 그 후 나의 놀이터는 24시간 개장이 되었다.

뱀 나온다, 밤에 무섭지 않냐고들 하는데 밤에 낫질도 하고 다니니 내가 과하긴 과한 건가? 밤 12시에 자려고 준비하다 밭이 궁금해서 나갔다. 무성하게 자란 풀을 조금만 베야지 하던 게 방으로 들어와 시계를 보니 2시 반이었다. '공부나 작업을 하다 밤새울 때도 있는데, 농사는 그러지 말란 법 없잖아?' 누가 묻지도 않았는데 혼자 답한다. 처음엔 지나가는 자동차 불빛에 일하다가 고개를 숙이고 숨기도 했는데 이제는 그냥 내키는 대로 한다. '왜 밤이 있는 거지?', '왜 겨울이 있어야 해?' 투덜대다 여러 사람에게 잔소리도 들었다.

운전하다 졸릴 때 밭에서 할 일만 생각하면 잠이 깰 정도니 나도 왜 그런지는 모르겠다. 주위 사람, 특히 남편에게 '미친 거 아냐?'라는 말도 들었지만, 일생 살면서 어디 하나에 미쳐볼 수 있다는 게 얼마나 행복한 일인가. 하고 싶은 일을 내 마음껏 해본다는 것, 나의 열정이 어디까지인지 자신을 시험한다.

하지만 이제는 체력도 면역력도 떨어져 건강도 챙겨야 한다. 돌아보면, 혼자 귀농한 만큼 연중 계획을 세우고 하루를 알차게 썼다. 처음 일 년은 상주시 농업기술센터에서 교육을 받으며 판로 확보를 위해 이곳저곳 기웃거리고 여러 가지를 시도하기도 했다. 빨리 정착하기 위해 주저하지 않고 뛰어들었다. 왕산장터나 백원장에서 판매도 해보고, 생활개선회, 여성농민회, 가톨릭농민회, 상주로컬푸드 조합원에 가입하고 의료복지사회협동조합까지 가입했다. 농산물가공센터도 들락거렸다. 가공은 여러 조건이 까다롭고, 농사짓기도 바쁜데 그것까지는 무리였다.

1장 작지만 반짝반짝 빛나고 있어

이제는 '상주생각' 직매장과 '언니네텃밭', '목요장터'를 중심으로 활동하고 있다. 작년에는 슬로건이 '여유로운 삶'이었고 올해는 '한가한 오후'로, 이제는 시간을 좀 비우려고 한다. 농사를 좋아하기는 하지만 그동안 현실과 타협했다면, 이젠 내가 진짜 하고 싶은 것을 하고 싶다.

하루 종일 작물을 들여다보며 농사도 더 잘 짓고 싶고, 취미 생활도 하며 건강도 챙기고, 여유로운 산책과 어슬렁어슬렁 마실도 다니고 친구들을 초대해 삼겹살도 구워 먹고 싶다.

귀농하고 이 년은 내가 격주로 부산을 오가다 삼년째부터는 남편이 상주와 부산을 오가고 있다. 처음에는 내가 부탁도 하고 남편도 도와주려고 했지만, 농사에 전혀 관심이 없는 남편과 함께하다 보면 즐거운 놀이가 그만 힘든 노동이 되어 이제는 전적으로 내가 맡고 있다. 내가 할 수 있는 데까지만 하면 된다.

귀농 초기엔 부산에서 가지지 못한 땅에 대한 아쉬움에 놀고 있는 모든 땅에 욕심을 냈다. 그래서 예천 장

씨 종중 땅 5천여 평까지 임대해 일주일에 한두 번은 상주에서 예천까지 50분 거리를 오갔다. 이미 상주에서도 천 평 정도 농사를 지으면서 말이다. 예천 농사는 겨우 일 년 넘기고 계약을 파기했다. 그 이후로는 땅 욕심을 버렸다. 이제는 밭을 쉽게 잘 가꾸는 여러 방법을 시도하고 개선하는 데만 집중하려 한다.

자연과 함께하는 농사는 같은 작물이라도 그 모습이 어제 다르고 오늘 다르고, 작년 다르고 올해 다르다. 아침에 일어나 지금은 어떤 모습일까 하는 기대감으로 하루를 시작한다. 세상에 이렇게 질리지 않게 변화하는 장난감이 또 어디에 있겠는가?

부드러운 흙을 호미로 살살 파내 골을 내고 당근 씨 솔솔 뿌리다 절로 꿇리는 무릎. 호미 농사라고 비웃어도 호미만큼 가장 낮은 자세로 자연을 접하는 기구가 또 어디 있으랴? 오늘도 모든 씨앗을 품은 엄마 같은 흙을 만지며 그동안 잊었던 감사기도를 드린다.

보통 날의 서점

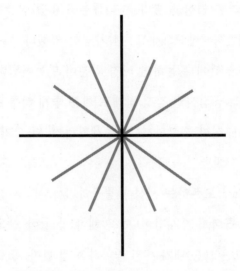

노니

상주에 귀촌해서 '좋아하는서점'을 운영하고 글을 쓴다. 싫은 게 하나도 없는 일이라 어떻게 하면 오래 할 수 있을까 고민하며 살고 있다. 독립출판물《저한테 왜 이렇게 잘해주세요?》, 《제철의 낭만》을 출간했다.

인스타그램 피드에서 좋아하는 노윤주 작가님의 짧은 인터뷰 영상을 봤다. 타이틀부터 멋졌다. "출근 전 '배경 기분'을 세팅하세요." 작가님이 말했다. "회사 동료가 출근 전에 운동하면 배경 기분이 만들어진다고 하더라고요. 긍정적인 감정 상태로 기분 좋게 하루 시작하기." 맞아, 진짜 중요하지. 기분 세팅하기. 나 그거 좀 잘하는데.

12시 오픈하는 서점에 출근하기까지의 시간은 내가 가장 좋아하는 시간이다. 꼭 해야 할 일이 있을 때를 제외하고는 보통 내가 제일 좋아하는 걸 한다. 주로 카페 가서 글쓰기. 서점에서 '매일쓰기' 모임을 일 년 넘게 운영하고 있어 매일 아침 글을 마감한다. 내가 진행하는 모임이라 일이라고 생각할 수도 있지만, 잘 쓰기보다는 꾸준히 쓰기에 방점이 찍혀 있어 마감이 꽤 즐겁다. 최근 내게 가장 강한 인상을 준 것에 대해 쓴다. 퇴고에 대한 깊은 고민 없이, 잘 다듬은 논리와 문장에 대한 부담 없이 일단 거칠게 써 내려간다. 다 쓴 글을 글친구들이 볼 수 있게 올리고 나면 기분이 상쾌하다. 커피도 마셨겠다, 아침 마감도 했겠다, 이것만으로도 충분히 하루를 성공적으로 시작한 기분이 든다.

그러고도 시간이 남으면 책을 읽거나 산책을 한다. 날씨가 특별히 좋거나, 눈이 오거나, 벚꽃이 피었거나, 녹음이 짙어지거나, 단풍이 짙게 물들었거나 하는 선물 같은 날엔 조금 더 멀리까지 슬슬 드라이브하기도 한다. 일이 주에 한 번은 꽃집에 들러 서점에 둘 꽃을 산다. 주로 휴무를 마치고 출근하는 금요일이나 주말에 꽃집에 들른다. 꽃집에 가서 꽃을 구경하고 마음에 드는 꽃을 골라서 어울리는 꽃병에 꽂는 것까지. 이 모든 과정이 더할 나위 없이 기분을 끌어올리는 일이다.

점심 메뉴를 고민해서 주문하고 픽업한다. 오전 일찍 나오는 편이기 때문에 점심은 밖에서 먹는다. 도시락을 챙겨 오는 날도 있지만 보통 간단히 먹을 수 있는 메뉴를 사 먹는다. 평일에 쉬고 주말에 일하는 자영업자가 된 지 사 년이 되어가는데도 여전히 주말에 일하는 것에 대한 보상 심리가 있는지 주말에는 점심 외에도 꼭 디저트나 과일 같은 간식을 준비한다.

얼마 전 평소와 다름없이 일찌감치 출근 준비를 하고 집을 나섰다. 차에 타서 핸드폰을 열었는데 평소엔 잘 보이지도 않던 숫자가 선명하게 눈에 들어왔다. 17일! 오일장이 열리는 날이다. 오일장 초입에는 거한 식물 좌판이 열린다. 항상 인기가 많은 점포다. 작년 오일장에서 흐드러지게 핀 꽃과 향기에 홀려서 산 고광나무는 한 해 동안 잘 자라서 올해도 꽃을 피웠다.

차를 돌려 오일장으로 향했다. 손에 꼽게 좋아하는 메뉴인 만둣국을 잽싸게 주문하고 식물 좌판 구경을 시작했다. 생명력이 폭발하는 계절에 식물 구경만큼 신나는 게 또 있을까. 바글바글한 손님들 사이에 섞여 처음 본 사람들과 '이 꽃 색깔 좀 보라'며 '이 이파리 무늬 진짜 예쁘다'는 말을 아무렇지도 않게 주고받는 게 또 시장의 매력이다. 한눈에 반한 자이언트 꽃기린이 조금 비싼 편이라 망설이고 있는데, 한 아주머니가 '이쁜데 뭘 망설이냐? 사고 싶으면 사야 한다'고 부추겨 홀랑 결제해버렸다. 시장은 좀 그런 맛이 있다.

한 손에는 꽃기린 비닐봉지를, 다른 한 손엔 그새 완성된 만둣국 봉지를 살살 흔들며 걸었다. 커피와 디저트도 깨알같이 픽업해 출근했다. 이런 날은 청소하는 내내 콧노래가 나올 만큼 기분이 좋을 수밖에 없다. 서점 계단을 올라 열쇠를 돌려 문을 여는 순간 통창 가득 쏟아지는 햇빛과 무성한 벚나무, 윤슬로 반짝이는 북천이 한눈에 들어온다. 매일 보는 풍경이면서도 '와' 감탄하고 만다. 나는 오늘도 이렇게 좋은 기분을 세팅하고 '좋아하는 서점'의 영업을 시작한다.

있어줘서 고맙다는 말

또 듣고 말았다. "서점 해주셔서 감사합니다." 자주 들어서 조금 무뎌진 말이 새삼 선명하게 들릴 때가 있다. 고백하건대 매번 감격스러운 말은 아니다. 때론 불뚝 심술궂은 마음이 들 때도 있다. 인구 소멸 도시의 미래가 우리에게 달린 양 '오래오래 떠나지 말고 상주를 잘 지켜주세요' 같은 말이 이어지기라도 하면 미묘하게 웃는 낯 뒤론 이런 생각을 하고 있다. '지키긴 뭘 지킵니까. 자신도 떠난 지역을 왜 저보고 지키랍니까. 그렇게 소중하면 직접 지키세요.' 네, 저 사실 이렇게 삐딱한 사람입니다. 어느 때는 부담스럽고, 어느 때는 불편하기까지 했던 말인데 요즘에는 그저 감사로 받기로 했다. 내 마음이 조금 둥그레진 까닭이다.

경상북도 상주, 인구 9만 2452명(2024년 9월 기준)의 지방 소도시에 살면서 서점을 운영하고 있다. 상주에 살게 된 뒤로 지역 인구수를 검색하는 게 습관이 되었다. 무식하다 싶을 만큼 지역 규모에 깜깜하다가 상주에 온 뒤로 이전보다 타 지역 사람들을 훨씬 자주 만나게 되면서 이런 습관이 생겼다. 얼마 전 서점에 남원에 산다는 분이 다녀가셨는데 그러고 나면 '남원 인구수'를 검색한다. 7만 6233명. '남원이 상주보다 인구수가 적구나.' 모든 기준이 상주가 된다. 2020년 9월 25일, 100일 팝업스토어로 자체 실험을 하고 2021년 2월 1일 정식으로 오픈

해서 사 년째 이어가고 있다. 그동안 들었던 말 중 강렬
함으로 따지자면 '한 달에 얼마나 버냐?', '서점 해서 먹고
살 수 있냐?'가 있겠지만, 빈도수로 꼽자면 단연 '여기서
서점 해주셔서 감사합니다'가 있다. 서점 하는 사람들이
라면 꽤 듣는 말이다 싶다가도 여기가 상주가 아니었다
면 이 정도로 자주 듣긴 어렵지 않았을까 싶다.

　　지난 주말, 차분히 서점을 둘러보고 책을 골라온
커플이 보기 좋아서 인사를 건넸다. "놀러 오셨어요?" 여
행자는 어떻게든 티가 나서 열에 여덟은 적중하는데 오
늘은 반만 맞췄다. "저는 여기 사람이고 여자친구는 놀러
왔어요." 고향에 놀러 왔다가, 서점 좋아하는 여자친구를
위해 방문했다고. 그리고 이어지는 말은… 이제는 꽤 익
숙한 전개다.

　　'시골에 이런 게 생길 줄 몰랐다. 의미 있는 일을
하시는 거다. 지금은 조금 달라졌다지만 자신 때만 해도
상주에는 디자인적인 요소를 구경할 만한 공간이 전혀
없었다. 자신은 막연한 관심으로 대학에서 디자인을 전
공했는데, 초반에 한계를 많이 느꼈다. 도시 출신과 센스

가 많이 다르다는 걸 느꼈다. 소위 '문화적 차이'라는 것을 그야말로 실감했다. 다양한 시각적 자극을 누리며 자란 아이들과 자신이 무척 다르다고 느꼈다. 이런 공간이 학생들에게 얼마나 자극이 되고 도움이 되는지 모른다. 감사하다. 좋은 일 하시는 거다.'

　　나도 취향이 담긴 공간을 무척 좋아하는 사람이기 때문에 기분 좋은 인사였다. "심미적 자극을 받을 만한 공간이 없다고 하시지만, 여긴 원형 그대로의 자연이 있잖아요." 진심이지만 뻔한 대답에 손님이 조금 감탄한 듯 대답했다. "와! 상주가 누군가에겐 뭔가가 '있는 곳'으로 느껴질 수 있다는 게 신기해요. 저에겐 아무것도 '없는 곳'이거든요."

　　같은 것을 보지만 다른 걸 본다. 그것도 전혀 다른 걸 본다. 이 도시만 그럴까. 나에겐 서울이 그랬다. 내가 원하는 것들이 없는 곳. 내 자리가 없고, 나 하나 살 집이 없고, 하고 싶은 일이 없고, 편안함을 느낄 만큼의 고요가 없고, 비교하지 않고 멈춰 설 여유가 없고, 적당한 거리를 유지할 만큼의 공간이 없고…. 그러니 나에겐 떠나야 할

　　　1장　작지만 반짝반짝 빛나고 있어

곳이었다. 떠나있으니 오히려 깨닫게 되는 것들이 있다. 장소의 문제가 아니라 내 마음의 문제였다는 것. 그럼에도 나와 더 잘 맞는 곳이 있다는 것.

상주에서 다시 처음부터 내 일을 찾고, 내 자리를 만들고, 내 공간 내 집을 꾸리고, 내 꿈을 구체화하고 있다. 어디서나 할 수 있는 일이라 생각할 수도 있지만, 상주라 가능한 일들이 많았다는 걸 이제는 안다. 눈에 보이는 조건이나 환경뿐 아니라 몸과 마음에 스며든 여유와 평안도 분명히 인식하고 있다. 누군가에 의해 굴러가는 것이 아니라 내가 굴려가는 내 삶은 치열함 속에도 언제나 은은한 만족감이 깔려 있다. 다 됐고, 무엇보다 서울에서의 나보다 상주에서의 내가 더 마음에 든다.

며칠 전 혼자 이런 말을 툭 뱉었다. "상주에서의 시간은 가성비가 좋아." 내가 들이는 시간과 노력 대비 돌아오는 인정과 감사가 더 크다는 걸 안다. 많은 이가 떠나는 곳에 연고도 없는 젊은이가 살러 왔다는 것, 그리고 살아남았다는 것만으로도 일단 조금 먹고 들어가는 데다가 상주에 없던 서점을 차렸더니 감사까지 받는다.

이렇게 사니까 자꾸 내 삶에 대한 존중감이 하늘을 찌른다. 현실에 안주하는 건 아닐까, 다들 얼마나 치열하게 사는데 자꾸 쉬운 길만 택하는 건 아닌가, 스스로 발전 가능성을 꺾고 있는 건 아닐까, 종종 의심할 때도 흔들릴 때도 있지만 칭찬받으면 더 잘하고 싶어지는 나는 지금이 더 좋다. 매일을 사는 것만으로도 계속 앞으로 나갈 힘이 차곡차곡 쌓이고 있다.

"서점 해주셔서 감사합니다." 나는 이런 인사를 받으며 일한다. 더할 나위 없다.

타인을 위한 상상력

'월요일 11시 30분 꽃다발 예약할게요.' 단골 꽃집 사장님께 메시지를 보내뒀다. 꽃다발을 픽업하러 가기 전, 책을 골라 포장하고 손편지도 썼다. 꽃다발의 주인공은 동네 카페 사장님 부부. 축하할 일이 생겼기 때문이다.

며칠 전 카페 SNS에 글이 올라왔다. '일 년간 카페를 떠납니다.' 해가 바뀌기 전, 대강 듣기는 했다. 조금 긴 여행을 다녀오겠다고. 이십 대에 시작한 카페가 이리 길게 이어질 줄은 몰랐다는 말에 공감했다. 나도 서점에 늘 그런 마음이기 때문이다. 가볍게 시작한 건 아닐 테지만, 처음 운영하는 사람이 공간을 몇 년이나 이어간다는 것이 얼마만큼의 무게인지 짐작할 수 없는 건 어쩌면 당연하다. 모르고 시작한 일이 자리 잡기까지의 과정이 어째 좋기만 했을까. 겉으로 보기에 카페는 개업부터 지금까지 탄탄대로로 이어진 것 같지만 그럴 리 없다. 분명 어려움도 있었을 거다. 여행을 하면서 더 넓은 세상에서 다양한 경험을 해보고 돌아오겠다는 인사 밑엔 이런 글이 덧붙어 있었다. '하지만 카페는 문을 닫지 않습니다.'

　　카페에서 일하던 직원 두 명이 각각 기간제 사장이 되어서 운영할 거라고 했다. 처음 여행 이야기를 듣고는 이기적이지만 아쉬움이 먼저 올라왔다. '좋아하는 카페가 또 사라지겠구나.' 그렇다고 떠나지 말라고, 아쉽다고 말할 수 없으니 얼른 축하와 응원을 건넸다. 멋진 선택이라고, 쉽지 않은 결심이었을 텐데 그 용기에 응원을 보낸다고. 당연히 문을 닫고 떠나는 상상밖에 할 수 없었기 때문이었다. 그런데 문을 닫지 않는단다. 게다가 수년간 함께 일한 직원들이 그대로 운영한다니, 더할 나위 없었다. 어떻게 이런 결정을 했을까. SNS 속 글은 이렇게 마무리되었다. '처음 직원분들에게 이런 제안을 했던 이유는 (…) 운영 경험을 통해 미래에 본인만의 사업을 일궈가길 바라기 때문입니다. 두 분의 용기 있는 결정 덕분에 말씀드릴 수 있게 되었습니다.'

자동적으로 떠오른 건 2020년 어느 여름날이다. 카페 사장님과 단골손님 사이인 내게 두 분이 갑작스런 제안을 해왔다. 놀고 있는 창고가 있으니 무언가 해볼 테냐고. 본인들의 창고를 선뜻 내어준 덕에 서점을 시작할 수 있었다. 회사만 다녀본 내가 하지 못하는 상상력을 발휘해 먼저 나의 가능성을 봐준 것이다. 그때도 비슷한 말을 했던 것 같다. 자유롭게 시도해보고 그것이 나중의 경험으로 이어지길 바란다고. 그때는 잘 몰랐지만, 이제는 안다. 신중하고 섬세한 성격에 그냥 말부터 툭 던진 것이 아니라 몇 번이나 고민하고 주워 담았다가 다시 꺼낸 제안이었을 것이다. 대가 없이 내어주는 도움이 고마우면서도 민망해서, 몇 번이나 나한테 왜 이렇게 잘해주시냐 되물어도 손사래만 치던 모습들이 떠올랐다. 그 제안을 선뜻 받아들여서 몇 개월간 작은 공간에서 경험을 쌓았고, 운 좋게도 지금까지 내 사업을 이어나가고 있다. 한 번이면 모를까. 또 이런 선택을 하는 사장님을 보며 생각했다. 이 사람은 가능성을 보는 사람이구나. 나 혼자 잘하고, 나 혼자 잘되는 가능성 말고, 남들도 잘되는 가능성을 볼 줄 안다. 신기했다. 되게끔 하는 사람의 상상력은 좀 다르구나!

　　카페 사장님께 드리는 손편지 말미에 이렇게 적었다. '두 분의 선택은 옳아요.' 어떤 선택을 하고 시작을 앞둔 순간에 언제나 내가 가장 듣고 싶은 말이었다. 두 젊은 사장님은 일 년의 여행에서 무엇을 보고 듣고 느끼고 경험할까? 사장님이 떠난 카페에서 두 직원은 어떤 가능성을 발견하고 또 어떤 어려움에 직면하게 될까? 또 나는? 앞으로 서점은 어떤 선택을 마주해 어떻게 성장할까? 서로의 모든 가능성을 열어두고 상상할 수 있는 사람이 되면 좋겠다. 사실은 어떤 선택이든 실패하지 않을 필승 전략을 이미 알고 있다. 걱정하지 말고 상상할 것. 선택하고, 그 선택을 믿으며 성실히 살아낼 것.

어서 오세요. 좋아하는 서점입니다

서울에서 손님이 왔다. 반가운 D와 그녀의 가족. 서울 떠난 지 사 년 9개월, 관계를 잘 챙기는 편이 못 되어 몇몇을 제외하고는 가까웠던 사람들도 그냥저냥 거리가 생겨버렸다. 그런데 D는 좀 달랐다. 먼저 꾸준히 연락을 해왔다. 왜 그런 사람 있잖은가, 나에게 좀 후하다고 느껴지는 사람. D가 그랬다. 뭔가를 시도하면 툭툭 응원과 격려를, 잊을 만하면 툭툭 안부를 보내왔다. '한번 가겠다'는 말을 수년 동안 습관처럼 반복했지만 문제될 건 없었다.

비 오는 일요일, D에게 메시지가 왔다. 오늘 서점에 가도 되겠냐고. 해야 할 일들이 책상 위로 그득히 쌓여 있지만 반가움이 먼저였다. 답장을 받고 바로 출발했는지 채 세 시간도 안 되어 D가 피곤한 얼굴의 가족들과 함께 서점에 도착했다. 이렇게 좋은 서점은 서울에도 없다며 오자마자 호들갑스럽게 칭찬을 퍼붓는다. 속으로 또 생각했다. '이것 봐, 역시 너는 나에게 후하지.'

건수가 생길 때마다 네비앱에 '좋아하는서점'을 검색하고, 다른 지역 갈 일이 생기면 상주가 가까운지, 혹 지나가는 길에 상주가 있는지 꼭 확인했다는 말이 너무 진심처럼 느껴져…, 웃었다. 배웅하는 길, 여느 때와 같은 인사를 해왔다. "친한 언니 데리고 또 올게요. 멀어도 자신 있게 데려올 수 있을 것 같아. 너무너무 좋았어요." 헤어지기 전 내가 먼저 꼬옥 안았다. 닿고 싶어 자주 손을 뻗는 마음이어도, 다음 방문은 또 몇 년 뒤가 될지 알 수 없으니까.

그날 밤 D에게 카톡이 왔다. '언니, 우리 아이가 좋아하는서점은 가짜 금이 아니라 진짜 은처럼 빛이 나고 정성이 느껴지는 공간 같았대. 표현이 멋져서 까먹기 전에 보내요. 정성이 많이 들어간 걸 아이가 느끼는 것도 신기하고.'

영업이 끝난 시간, 서점 문이 벌컥 열렸다. 아직 끝내지 못한 일을 하느라 남아있었는데, 지나가다 늦은 시간에도 켜있는 노란 불빛이 반가워서 들어왔다는 C였다. 서점 좀 둘러봐도 괜찮냐고 조심스럽게 문밖에서 물어본다. "당연하죠. 들어오세요."

서점 밖에서 오가며 마주치고, 얼굴 몇 번 뵌 게 전부지만 좋은 인상으로 남아있는 분이었다. 고요히 잠겨있던 서점에 얼른 음악 볼륨을 조금 올리고 조용히 각자 시간을 보냈다. 천천히 서점을 둘러보고 책 몇 권을 골라 내 앞에 오더니 몇 번 머뭇하다가 물어왔다. "연애하세요?" 내가 눈만 동그랗게 떴더니 금방 이런저런 말을 덧붙였다. 실례일 수도 있는데 오랜만에 본 얼굴이 좋아 보여서 뭔가 변화가 있는 것 같다고, 작년 마지막으로 봤을 때보다 뭐랄까… 한결 편안해 보인다고. 웃음이 새어 나올 것 같았다. "아, 제가 그… 연애는 아닌데요." 어쩌면 비슷한 걸 하고 있다. "그 사이 제가 덕질을 시작했어요." 동시에 웃음이 빵 터졌다.

아무래도 상대는 이야기를 좀 하고 싶은 날인 것

같았다. "잘 지내셨냐?" 슬쩍 안부를 물었더니 여전히 웃는 얼굴로 많이 힘들었다는 말이 돌아왔다. 도저히 안 되겠어서 무리했던 일들을 좀 내려놓으려 한다는 근황 얘기를 들으며 나의 분주했던 시간이 떠올랐다. 균형을 잡고 산다는 것이 도대체 왜 이렇게 어려운지, 자신도 덕질을 하면 해결되는 거 아니냐며 웃었다. 진지한 이야기와 가벼운 이야기 사이를 오가며 대화를 하다 그는 들어오기 전보다 조금 더 밝아진 얼굴로 서점을 나갔다.

퇴근 준비를 하고 있는데 C에게 카톡이 왔다. '비 오는 날 마음이 축 처져 있었는데 덕분에 기분 전환이 됐어요.'

또 어느 날, 손님이 들어왔다. 잠깐 서점을 둘러보는 듯싶더니 할 말이 있는 듯 곧장 내게로 성큼성큼 다가왔다. "그때 토요일에 연락드렸던 사람이에요." 앗! 반사적으로 사과부터 나왔다. "죄송했어요. 정말!"

갑자기 서점 문을 닫아야 했다. 되도록 임시 휴무를 하지 않으려 하지만 불가피한 일들도 생기긴 하니까. 그럴 때는 미리 공지를 하는데, 이번엔 좀 정신이 없었다. 인스타그램에 하루 전날 겨우 임시 휴무 공지를 올리고, 당일에는 핸드폰 확인을 거의 못 했다. 모든 일정을 마치고 상주로 돌아오는 버스 안에서 그제야 핸드폰을 열어 연락들을 확인했는데… 이런 문자가 도착해 있었다. '검색하니 영업 중이라고 나와서 한 시간 거리에서 방문했는데 문이 닫혀 있었다. 당황해서 전화를 했는데 받지 않았다. 나중에 확인해보니 인스타그램에만 휴무 공지가 올라와 있었다. 인스타그램을 하지 않는 사람도 많다는 걸 모르는 건지… 오랫동안 기대하고 방문한 공간인데 실망스럽다.'

피곤해서 잠이 들려다가 정신이 확 들었다. 서점이 공식적으로 운영하는 것은 인스타그램밖에 없다 보니 종종 듣는 말이었다. 그래서 더 신경 써야지 생각한 부분이었다. 다른 건 몰라도 운영 시간이나 임시 휴무는 가장 많이 검색하는 네이버에 정보를 확실히 표시하려고 신경 쓰는 편이었다. 그런데 이번엔 변명의 여지없이 까맣게 놓쳐버린 것이다. 멀리서 왔는데 날도 덥고 전화도 받지 않으니 나 같아도 감정적으로 욱했을 것 같다. 감정은 상했지만 정중하려고 애쓰는 것이 문장에서 느껴져 더 죄송했다. 정말 죄송하다고 앞으로 주의하겠다고 서둘러 답을 보냈다. 보내놓고도 마음이 좋지 않았다. '앞으로' 주의하겠다고 말했지만, 과연 이 손님과 내게 '앞으로'가 있을지 어떻게 알겠는가.

답을 기다리다가 다시 한번 문자 창을 열어 답변을 보냈다. 얼마 전 나도 여행지에서 비슷한 경험을 했는데 정말 기분이 좋지 않았다고, 다시 한번 정말 죄송하고, 혹 다음에 들르시면 꼭 알려달라고, 책 선물을 드리고 싶다고. 구구절절 긴 문자로 마무리했는데, 그분이 며칠 만에 다시 방문한 것이다. 그것도 환하게 웃는 얼굴로.

날이 무척 더웠고 터미널에서 서점까지 30분 넘게 걸었고, 그런데 문이 닫혀 있어서 전화를 걸었는데 받지 않았고, 솔직히 기분이 상해서 문자라도 보내지 않고는 넘어갈 수가 없었다고. 그렇게 다시 30분을 걸어 터미널로 돌아갔고, 목이 말라 근처 카페에 갔다가 우연히 카페 주인과 이야기를 나누게 되었는데 주인이 좋아하는서점을 옹호해주셨다고 했다. 분명 무슨 사정이 있을 거라고,

원래 그러신 분 아니라고. 서점에도 뭔가 사정이 있었겠다는 생각이 들 때쯤 답 문자를 받았는데 대응도 제법 마뜩하더라는 거다. 그래서 기분이 풀렸다고 했다. 며칠 뒤 다시 상주 올 일이 생겨 다시 들러보고 싶었다며 무려 꽃을 건네셨다. 노란 장미였다. "제가 문자를 보내서 너무 신경 쓰이게 한 거 아닌가 싶어서요." 나도 모르게 넙죽 이런 인사를 했다. "다시 만회할 기회를 주셔서 고맙습니다."

단 한 번의 이미지가 마지막 이미지가 되는 일도 흔하다. 물론 언제나 준비가 잘 되어있으면 좋겠지만 평소 하지 않던 실수를 한 날일 수도, 유독 몸이 좋지 않거나 타이밍이 좋지 않았을 수도 있다. 변명 같아도 그날이 유독 그런 날일 수 있는 거다. 실수가 잦은 사람이라 다신 기회 없는 단 한 번으로 기억된다는 것에 조금 초조한 마음을 가지고 있었나 보다. 그러니 누군가에게 다시 한번 기회를 줄 수 있는 넉넉한 마음의 손님에게 절로 감사한 마음이 들 수밖에.

서점을 개업한 지 사 년이 되어가지만 여전히 하나

하나 배우는 마음으로 문을 연다. 먹고사는 치열함과 1인 운영자의 분주함 사이에서 만나는 반짝반짝 선물 같은 순간을 하나라도 놓치지 않겠다는 마음으로 기록한다. 상주에 귀촌한 지 오 년, 글을 쓰고 서점을 운영하며 살고 있다. 아주 오래 하고 싶은 일을 여기에서 발견했다. 그리고 어떻게 하면 가능한 오랫동안 할 수 있을까 고민하며 살고 있다. 내가 선택한 곳에서 나답게 더도 덜도 아닌 보통의 하루를 보내며, 내겐 더할 나위 없다.

작아야
보이는 것도
있다

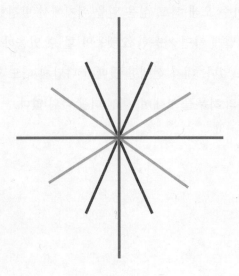

곽경미

통통 튀는 생명들과 함께 생활하고 있는 중학교 선생이다. 산과 들에 스미는 사계절을 온전히 누릴 수 있음에 고마워하며, 세상에는 여전히 변하지 않는 무언가가 있다는 믿음에 기대어 살고 있다.

상주 시내 집에서 학교까지 차로 20분쯤 걸린다.
학교를 오가며 계절마다 달라지는 산과 들을 만난다. 그
계절이 그 계절 같던 인근 도시에서의 출퇴근길과 달리
이곳 상주의 계절은 선명하다. 봄이면 멀리 벚꽃이 흐드
러진 환한 둑길이 보이고 주변 산에는 분홍 진달래며 연
둣빛 새싹들이 피어오른다. 가을에는 은행나무와 감나무
로 온통 황금빛인 길을 따라 신비로운 산속 어딘가로 빠
져드는 것 같은 착각이 들기도 한다. 특히 길 왼쪽으로
길게 누운 넓은 개울은 저녁에는 지는 해를 받아 부드러
운 청회색으로 빛나는데 아침에 보면 짱짱한 푸른색 기
운을 내뿜고 있다. '자연은 시간을 색으로 표현하는구나'
라는 생각을 하며 학교에 도착하면 8시쯤이다. 아이들이
없는 작은 학교는 고요하다.

　　일찍 오신 선생님들과 함께 아이들을 맞으러 나간
다. 학교 밖 버스 승강장에서 아이들을 기다린다. 승강장

옆은 논이다. 그루터기만 있는 논에 어느새 물이 들어오고, 벼가 자라 푸르르다 누렇게 익은 가을이 오고, 눈으로 하얗게 덮이는 걸 보면서 아이들을 기다린다. 버스가 도착하고 아이들이 내린다. "안녕?", "안녕하세요!", "오늘 못 보던 파란 운동화 신었네. 멋지다!", "네! 어제 누나가 사 왔어요.", "서울서 직장 다니는 누나가 어제 왔구나. 좋았겠다." A는 누나가 와서 저녁에 외식한 것부터 오만 가지 이야기들을 늘어놓는다. 재잘거리는 아이들 이야기를 들으며 함께 학교로 들어오는 이 시간은 일과 중 가장 소중하고 기분 좋은 시간이다. 'B가 오늘 기분이 안 좋네. 집에 무슨 일 있나?', '어제 수학시험 때문에 속상해하던 C가 기운을 차렸네.' 아이들의 표정을 마음에 메모한다.

　　학교로 들어오면 1교시 시작 전에 요일별로 여러 가지 활동을 한다. 책을 읽기도 하고 아침 데이트를 하기도 한다. 나는 아침 데이트가 참 좋다. 아이가 선생님에게 신청하기도 하고 교사가 학생에게 신청하기도 한다. 또 선배와 후배, 친구들과도 상관없다. 이야기하고 싶은 상대와 학교 안을 걷는다.

운동장 오른쪽에는 솔숲이 있다. 거기에는 아이들과 과학 선생님이 한 학기 동안 직접 만든 트리하우스와 그네가 있고, 운동장 왼쪽에는 아이들이 디자인해서 가꾸는 텃밭 정원이 있다. 그 근처에는 수업 시간에 배운 적정기술을 이용해서 역시 과학 선생님과 아이들이 함께 만든 피자 화덕이 있는데, 텃밭에서 기른 채소를 수확해서 피자를 직접 굽기도 한다. 학교 건물 뒤쪽 급식소 옆으로는 목공 시간에 만든 계단처럼 생긴 무대가 있다. 아침 데이트를 하며 학교 안 곳곳을 걷다가 트리하우스에 올라가기도 하고 그네나 뒤쪽 무대에 앉아 쉬기도 한다. 가을에 곶감을 만들어 먹는 감나무나 고운 색으로 칠한 벤치가 있는 커다란 은행나무 아래 서서 이야기를 나누기도 한다. 더러는 오른쪽 개울을 건너 봄에 전교생이 쑥을 뜯어 쑥떡을 해 먹는 산자락까지 가기도 하고 학교 밖으로 나가 주변을 넓게 돌기도 한다.

친해지고 싶을 때, 마음에 걸리는 일이 있을 때, 도움이 필요할 때, 도움을 주고 싶을 때, 궁금한 게 있을 때, 둘이서 함께 걷고 이야기하다 보면 매여 있던 매듭이 반쯤은 풀리는 것 같다.

　　인근 지역에서 상주로 와서 처음 발령받은 중학교였다. 십 년 전이다. 한 학년에 1학급씩. 전체 3학급에 전교생 오십 명 남짓이고 교사도 십 명 정도였다. 나중에야 알게 된 사실은 그래도 면 소재지에 있는 학교치고는 규모가 큰 편이라는 것이었다. 상주 버스터미널에서 시내버스로 30분쯤 걸리는 거리에 있는데 요즘 시골 상황이 그렇듯 학교 주변에 사는 아이들은 몇 명 되지 않았다. 시내에서 통학하는 아이들이 대부분이었는데, 몇 년 전부터 폐교 위기의 학교를 살리기 위해 모두 힘을 합쳐 노력하고 있다고 했다.

　　이십 년이 넘는 교사 생활에서 처음 만나는 작은 학교였다. 그동안 근무했던 학교들은 대부분 학생 수가 수백 명에서 많게는 천 명이 넘어가는 규모였다. 그러다 나이 오십이 되어 한번도 상상해본 적 없는 시골의 작은 학교로 덜컥 오게 되었고, 당황하고 얼떨떨한 마음으로 상주에서의 특별한 학교 생활을 시작했다.

한 해의 시작은 신입생 오리엔테이션이다. 봄방학이라 조용하던 학교가 시끌벅적해진다. 3학년 선배들이 기획하고 준비한 신입생 OT가 있기 때문이다. 각자 집 가까운 버스정류장에서 후배들을 만나 데리고 함께 학교로 온다. 가위바위보 같은 간단한 게임이나 선배들이 직접 준비한 PPT, 골든벨 같은 놀이로 서먹함을 없애고 학교를 소개한다. 팀을 나눠 런닝맨과 보물찾기를 결합한 게임을 하느라 여기저기 뛰고 쫓고 뒹군다. 어떨 때는 선배들이 동아리 시간에 배운 기타를 치며 노래를 한다. 점심에는 다양한 방법으로 짜장면 먹기 내기를 하거나 직접 김밥을 말아먹는다. 이것저것 다양한 재료를 섞어 같이 김밥을 말다 보면 처음 만난 아이들과도 금방 친해진다. 해마다 새로 입학하는 아이들은 학교의 구조부터 일정, 과목과 선생님 등 학교에 대한 궁금증을 이렇게 해결하며 걱정보단 설레는 마음으로 낯선 중학교 생활을 시작한다. 모든 것은 학생들이 주체가 되어 기획하고 진행한다.

모든 활동이 그렇다. 학생은 획일적으로 학교와 교사의 지시에 따라 움직이는 수동적인 존재가 아니라 스스로 기획하고 결정하는 주체적 존재이다. 전교생이 자치실에 옹기종기 모여 앉아 '한자리 모임' 토론을 통해 문제를 해결한다.

5월이나 6월에는 이동수업이 있는데 학교의 수업을 통째로 밖으로 옮겨서 한다. 길게는 5일에서 짧게는 이삼일 정도 진행한다. 지역을 정하면 1, 2, 3학년이 모두 섞여 각 두레별로 주제를 정하고 일정과 동선, 숙박과 먹거리 등 여행 계획을 학생 자치회 중심으로 짠다. 교사들은 진행 상황을 점검하고 아이들이 도움을 청하면 도와준다. 이동수업이 시작되면 각 두레는 흩어져서 교과 융합으로 제시된 과제를 수행한다. 과제를 수행하는 방법은 두레마다 다르다. 각 두레별로 교사가 한두 명씩 따라다닌다. 우스갯소리로 '그림자 선생님'으로 불린다. 그림자 선생님은 안전에 영향을 미치지 않는 한 학생들이 어려움에 처해도 스스로 문제를 해결하도록 기다려준다. 철저하게 준비해도 막상 현장에 가면 뜻하지 않은 일이 생긴다. 그걸 통해 아이들은 여행이 주는 의외성을 배운다. 낯선 곳에서 끊임없이 헤매고 서로 갈등도 하지만, 스스로 규칙을 만들고 문제를 해결하며 어느새 그러한 과정을 즐기게 된다. 교실 안에서 배우는 것도 중요하지만, 배운 것들을 세상 속에서 확인하고 실행하는 것도 분명 의미가 있다.

　1학기에 전교생이 이동수업이나 현장체험을 갔다 오면 2학기에는 자유 학년인 1학년들이 1박 2일로 진로 체험을 다녀온다. 언젠가 채식하는 친구가 있었다. 식사가 문제였다. 나머지 친구들이 계속 양보하기는 싫은 모양이었고, 그렇다고 그 친구가 굶을 수도 없는 상황이었다. 은근히 갈등이 있는 것 같았다. '왜 우리가 계속 눈치를 봐야 하지?', '채식 식당 찾기도 힘드네.', '친구들이 불편해하니 속상해.' 그러더니 결국엔 모여 앉아 서로의 속마음을 털어놓기 시작했다. 결론은 네 끼 중에 한 끼는 채식 전문 식당을 찾아 모두 함께 채식하고, 나머지 세 끼는 그 친구가 상하지 않는 반찬을 싸 와서 해결하기로 했다. 다녀온 후, 아이들은 다양함을 인정해야 한다고 배웠는데 실제 상황에서는 참 힘들다는 것을 알게 되었다고 했다. 막상 채식 전문 식당을 찾으려니 잘 없어 그 친구가 생활하기 너무 힘들겠다고, 소수자에 대한 배려가 왜 필요한지 알게 되었고 좀 더 성숙한 사람이 되어야겠다고 소감문을 적었다.

4월 벚꽃이 피면 주말에 '학교 길 걷기'를 한다. 버스 통학로 옆으로 쭉 이어져 있는 작은 벚나무 길을 따라 걷는 것이다. 평소에는 버스를 타고 오던 길을 친구와 함께 걸으며 버스에서는 보지 못했던 것들을 발견하며 논다. 그러면서 자연스럽게 속도가 빠르면 오히려 놓치는 것이 있음을, 같은 곳이라도 다른 위치에서 보면 전혀 다른 풍경이 됨을 알게 된다. 봄이면 구름처럼 환한 벚꽃나무와 그 길을 뛰고 걷고 장난치는 아이들의 웃음소리가 넘친다. 한 달에 한 번 교사와 학생, 학부모가 같은 책을 읽고 함께 모여 밤이 깊도록 비경쟁 독서 토론을 하기도 한다. 다른 사람의 생각을 듣고 자신의 의견을 자유롭게 발표하다 보면 어느새 아이도 어른도 사고가 확장되는 경험을 한다. 한 학기에 한 번은 학교에서 밤샘 독서

1장 작지만 반짝반짝 빛나고 있어

를 했다. 학교에서 밤새워 책을 읽는다니 큰 학교에서는 상상도 할 수 없는 일이었다.

축제를 빼놓을 수 없겠다. 해마다 가을에 영화, 연극, 뮤지컬 등 장르를 정해 돌아가며 영화제, 연극제, 뮤지컬제를 한다. 일 년 동안 방과 후 활동에서 전교생이 모둠을 만들어 대본부터 연출, 연기까지 역할을 나눠 연습하고 준비해서 작품을 올린다. 한 명의 아이도 빠지지 않는다. 연기를 잘하는 아이는 연기를 하고, 대본을 잘 쓰는 아이는 대본을 쓴다. 영상을 편집하는 아이, 뒤에서 소품을 준비하는 아이, 조명이나 음악을 담당하는 아이도 있다. 수줍어서 말을 잘 못하는 아이가 주인공 친구의 분장을 멋지게 해내어 박수를 받기도 하고, 늘 산만하던 아이가 숨죽여 집중해서 무대 조명을 완벽하게 해내기도 한다. 또 동아리 활동의 결과물들을 전시하고 판매해 기부도 하는데 도자기 공예나 요리, 목공, 밴드를 하기도 한다. 아이들은 자신이 잘할 수 있는 일이 있음을 저절로 알게 되고, 혼자가 아니라 함께했을 때 기쁨이 배가 된다는 사실을 배운다.

이런 일을 반복하면서 교사에게 필요한 것은 단지 아이들에 대한 믿음과 인내심이라는 것을 깨달았다. 아이들 곁에서 기다려주는 일. 사실 그게 어렵다. 제일 쉬운 것은 아이들 대신 내가 해결하는 것이다. 아이들이 답을 찾기를 기다리지 않고 내가 가르쳐주고 따라오라고 하는 것이다. 그러나 경험상 그러고 나면, 똑같은 종류의 다른 일을 만났을 때 그 전의 성공이 아무 도움도 되지 못했다. 처음엔 답을 가르쳐주지 못해 안달하던 나도 아이들 곁에서 기다리는 법을 배웠다.

빠르든, 느리든 기다려주기만 하면 아이들은 자신의 속도로 문제를 해결한다. 그것도 놀랍게 창의적으로 말이다. 그리고 그렇게 배운 것들은 오롯이 아이의 재산이 되어 나중에 또 다른 어려움 앞에서 멋지게 답을 찾아가는 힘이 된다. 스스로 문제를 해결하는 과정이 반복되면 아이들은 자존감을 가지게 된다. 자존감은 주눅 들지 않고 소중한 자신에게 걸맞은 행동을 하게 하고 이것은 또 다른 성취로 이어진다.

3월 입학식! 모든 교사와 학생들, 학부모들 앞에 입학하는 아이와 부모님이 함께 서 있다. 정현종의 '사람이 온다는 것은 실은 어마어마한 일이다'로 시작하는 다정한 시와 환영의 말들을 배경으로 작은 강당 맨 앞자리에서 부모님은 아이를 소개하고 아이는 중학교 생활에 대한 다짐을 발표한다. 아이 하나하나의 서사가 우리의 이야기가 되어 모두 함께 울컥하기도 손뼉 치며 웃기도 한다. 설렘과 응원, 기대의 감정들이 가득 차올라 작은 강당 안이 들썩들썩 흥겹다.

3월 초 담임선생님은 가정방문을 한다. 코로나 전에는 모든 아이의 가정을 방문하는 것이 3월에 해야 할 가장 첫 일이었다. 원하지 않는 가정도 간혹 있는데 그런 경우에는 제외한다. 일주일 정도 마을별로 오늘은 연원동, 내일은 관동마을 하는 식으로 방문 계획을 짜고 부모님의 허락을 얻어 집집마다 방문한다. 보통 같은 마을에 사는 아이들도 함께 따라간다. 집으로 가는 차 안, 학교에서 아직도 나에게 서먹하던 아이들은 간데없다. 마을에서 어릴 때부터 같이 크고 초등학교를 함께 나와서 자기들만 아는 비밀을 스스럼없이 나한테 털어놓는다. 아이들을 온전히 이해하는 데 가정방문만한 것이 있을까 싶다. 학교에서 보는 건 아이의 한 면일 뿐이다. 가정방문을 하고 나면 아이에게 어떻게 손을 내밀어 잡아야 하는지 더 분명하게 보인다.

대부분의 도시 학교에서는 교사와 학부모가 만나는 기회가 한정되어 있다. 그런데 이 학교에서는 부모도 교육의 주체로 함께 교육했다. 아침에 아이들과 함께 책을 읽기도 하고 비경쟁 독서 토론에서 밤늦도록 생각을 나누기도 했다. 목공을 함께하고, 자신의 전문 분야에 대해 직접 강의하기도 했다. 축제를 준비할 때도, 내년도 교육 계획을 세울 때도, 학교의 교칙을 바꿀 때도 자신의 삶에서 우러나온 경험과 생각들을 보탰다.

도시를 떠나 상주로 귀촌하거나 귀농한 분들, 상주 토박이인 아버지, 베트남에서 시집온 엄마, 농사짓는 분들, 문화예술 강사로 활동하는 분들…. 아이를 알게 되는 것처럼 학부모 한 분 한 분도 절로 알게 되었다. 처음에

　　　　　　　　　　　　　　1장　작지만 반짝반짝 빛나고 있어

는 긴장되고 부담스럽기만 했던 학부모들과의 만남이 편해졌고 그들의 다양한 삶의 모습에서 교사인 내가 오히려 많은 배움을 얻었다.

가장 중요한 건 선생님들이다. '스스로'와 '함께'를 어떻게 구현할지, 다양성과 생태교육, 지속 가능한 발전 등 우리 학교뿐 아니라 더불어 사는 행복한 세상을 위해 공들이고 실천해온 선생님들을 만났다.

매주 월요일에는 전 교직원이 모여 회의를 한다. 민주적이면서도 학교의 모든 교육 활동을 가능하게 하는 원동력이기도 했다. 교장선생님이나 갓 발령받은 초임교사 모두 같은 무게감을 갖고 함께 참여했다. 퍼실리테이션으로 생각을 모으기도 하고 자유롭게 토론하며 이야기를 나눴다. 학교 교육과 아이들에 관한 모든 것이 주제였다. '누가 누구를 좋아하더라' 식의 아이들 근황부터 개인별, 수준별 특성에 맞는 수업 방법과 진행 과정까지⋯. 그저 열심히만 하는 것이 아니라 내가 하는 일의 의미를 곱씹어 보는 시간이었다. 의미를 알고 나면 행복한 마음으로 그 일이 나의 일이 되었다. 함께 실행하고 결과를 공유해 다음 교육 자료로 삼고 더 나은 수업을 준비했다.

정말 좋은 동료들을 만나 그들 곁에서 나도 아이들처럼 성장했다. 나와 가족, 내 주변에만 시야가 머물던 내가 좋은 동료들을 통해 '함께', '우리'라는 말의 의미를 이해하고 체득하게 되었다. 수많은 교사들 사이에서 수백 명의 아이들과 함께 생활했다면 아무리 좋은 동료가 곁에 있어도 그럴 마음의 여유가 없었을 것이다.

다른 지역에서 함께 근무했던 선생님들을 만나 이야기하면 믿을 수 없다는 듯 되물었다.

"그런 학교가 있다고? 그게 가능하다고?"

나는 가능하다고 말한다.

오늘을 만드는 작은 학교

작은 학교라는 말은 규모가 작고 학생 수가 많지 않은 학교를 가리키는 말이겠다. 상주의 첫 학교에서 오 년을 근무하고 학교를 옮겨 또 오 년을 근무했다. 그러면서 세 군데 학교에 겸임근무를 다니기도 했으니 상주 지역의 작은 학교 다섯 군데를 경험한 셈이다. 평생을 교직에 계시다 퇴직할 때가 되신 한 선생님께서 하신 말씀이 생각난다. "나는 우리 학교 아이들이 제일 부럽다!" 그만큼 아이들이 행복해 보였다. 다른 학교들도 다르지 않았다. 대부분 첫 학교보다 학생 수가 적었고 폐교 위기에 있는 학교도 있었다. 그렇지만 학생과 학생, 학생과 교사, 학교와 마을이나 부모들과의 관계는 대부분 비슷했다.

　　세상에 같은 사람은 단 한 명도 없고 특별하지 않은 영혼도 없다. 오십 명의 학생이 있으면 오십 개의 영혼과 꿈이, 천 명의 아이가 있으면 각기 다른 천 개의 욕구가 있다. 학생의 특성을 파악해 잠재력을 키워주는 것이 교사가 해야 할 가장 기본이라고 한다면, 사실 천 개의 각기 다른 영혼을 한 번에 알아보고 적절한 교육을 제공하는 일은 굉장히 어렵다. 그러다 보니 일 년 동안 이름 한 번 불러주지 못한 아이들도 생기고, 눈 한 번 맞추는 것조차 특별한 노력이 필요할 때도 있다. 그런데 작은 학교에서는 학생 수가 적다 보니 저절로 모든 아이 하나하나가 보인다. 뒤떨어지고 부족해 보이는 아이 안에도 특별함과 귀함이 있음을 발견하게 된다. 각각 다른 색으로 독특하고 소중하게 반짝이는 아이들….

　　상주에서의 근무 기간이 끝나 지금은 인근 지역의 작은 학교에 근무하고 있다. 물론 농촌과 지역이 힘든 것처럼 상황이 어렵고 힘든 아이들이 많다. 아이들이 없어서 문을 닫아야 하는 학교도 있다. 농촌의 작은 학교는 거의 사정이 비슷하지 싶어 안타깝다. 지난 십 년간의 경험으로 작은 학교 예찬론자가 된 나는 주변 사람들에게 가능하다면 작은 학교에 아이를 보내라고 말한다. 다양한 모습의 작은 학교가 많아졌으면 좋겠다.

　　더 나은 미래를 위해서 오늘을 참고 견뎌야 한다고 믿지 않는다. 오늘 행복한 아이들이 내일도 행복한 어른이 된다고. 행복했던 경험이 있는 아이들이 다른 사람도 행복하게 만들 줄 안다고 생각한다. 누가 누군지도 잘 모르는 단체 사진처럼 흐릿한 기억이 아니라 아이들 하나하나의 웃음과 눈물, 그리고 상처와 행복까지도 선명한 작은 학교의 선생으로 나는 오늘 하루도 이 모두를 소중하게 새겨가고 있다.

논 피자 고양이

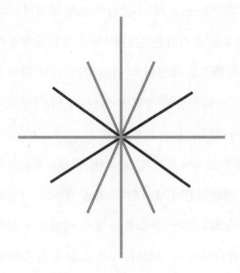

황진영

가수가 되는 게 꿈이었다. 유명가수는 못 되고 무명
가수가 되었다. 행복한 추억이 가득한 고향 상주에
돌아와 꿈꾸던 농부가 되었고 노래 좀 하는 피자 이
모, 빵 선생, 고양이 엄마로 살고 있다.

논은 봄가을 미술대회에 나가면 항상 보던 풍경이고 서울 대구를 오갈 때 가장 많이 보던 풍경이었다.

서울로 올라가는 길이면 논이 점점 줄어들다 우뚝 솟은 아파트들로 풍경이 바뀐다. 끊임없이 휙휙 빠르게 지나가는 아파트들에 정신이 없어 저 먼 하늘로 시선을 돌려도 아파트는 끝이 없었다.

상주로 돌아오는 길 익숙한 옥산역, 청리역을 지나면 다시 황금벌판이 펼쳐진다. 몸을 돌리고 차창에 바짝 붙어 바라보다 보면 참새 쫓는 반사 테이프가 서쪽 낮은 해에 반짝거려 눈이 부셨다. 그래도 눈을 찡그리며 그 풍경이 끝날 때까지 바라보았다. 그러다 완전히 깜깜해지고 가로등 불빛이 하나둘 더해지며 검푸른 하늘과 까만 산 아래 쏟아져 내린 별처럼 반짝였다.

나에게 논은 그렇게 바라보는 것이었는데 2016년부터 논농사를 짓고 있다. 올해로 구 년째, 내년이면 십 년이 된다.

상주에 돌아올 준비를 하며 전국귀농운동본부의 '자립하는 소농학교'에 입학해 토종씨앗 농사를 배웠다. 2014년 10월에 다시 돌아와 무르익은 논을 보며 느꼈던 마음을 말 몇 마디로 표현하기 힘들다. 논은 요동치지 않는 큰 호수처럼, 깊은 바다처럼 평온했고 변하지 않은 넓은 품으로 나를 받아주었다.

나의 소울 풍경

논에 물 보러 다니다 풀 매고, 올챙이 구경 새우 구경하다 이삭이 패고, 쌀알 같은 벼꽃 피고, 잠자리 날다 쌀알 영글고, 황금색 벼가 고개를 숙이는 것을 보는 것. 말로 표현할 수 없는 기쁨이자 경이로움이다.

농사짓고 싶은 마음은 상주에서 나고 자라며 늘 보던 것이 논이기 때문이라기보다 아마도 오래전에, 아주 오래전에도 땅을 갈고 씨앗을 심고 거두어 먹었을 테니 그 기억이 내 유전자에 이어져 오기 때문이 아닐까.

하지만 논농사는 내 맘같이 되지 않았고 기계로 논 갈고 심고 타작해주시는 칠십 넘은 농부님이 또 하나의 하늘 같은 존재라는 것도 이제야 알게 되었다. 일머리도 없고 눈치도 없어서 속 끓이며 힘든 점도 많았다.

추위가 완전히 물러난 4월 볍씨를 넣고 한 달여를 키워 5월 써레질된 논에 심는 날부터 오롯이 내가 할 일이 생기는데 우렁이를 풀어주는 것부터 시작해 논물을 매일 보러 다닌다.

물이 높아지면 땅강아지가 낸 구멍으로 물이 새다가 논둑이 터지기도 하니 매일 가서 물이 새는 곳이 없나 확인해야 한다. 논물이 적으면 물 안에 잠겨있던 풀들이 물 밖으로 나와 순식간에 자라기 때문에 매일 한두 번은 논둑을 걸으며 물을 더 넣을지 뺄지를 결정해야 한다. 이때는 논에 오래 머물면서 장화 신고 들어가 풀도 매고 한참을 풍년새우도 들여다보는 가장 좋아하는 시간이다.

장마 때는 쏟아진 빗물을 담은 논의 물을 폭포처럼 흘려보내고 느슨해진 논둑들을 단단히 한다. 장마가 가고 무더위가 시작되면 벼가 쑥쑥 자란다. 8월 20일 이후로 이삭이 패는데 올여름은 너무 뜨거워 10일이나 일찍 벼꽃이 폈다.

이삭 패고 벼꽃이 피었는지는 눈으로 보기도 전에 알게 된다. 논에 가까워지면 구수한 밥 짓는 냄새가 나기 때문인데 나는 이 냄새도 무척 좋아한다.

늦여름 태풍을 무사히 넘긴 벼는 노랗게 익어가고 햇살도 금빛으로 물들어 이제 완전한 가을 안에 있다. 추수가 코앞이면 한 해 농사 끝났다 싶어 시원하다가도 이십 년을 농사지은들 스무 번밖에 이 풍경을 못 본다는 생각에 아깝고 아쉬운 맘이 커 가끔 죽는 날까지 농사짓는 상상도 해본다.

살롱 드 봉강

상주에 내려와 제일 배우고 싶었던 건 빵이다. 주식인 쌀의 자급뿐 아니라 빵도 자급하고 싶었다. 그런데 배울 곳이 마땅찮아 시간만 흐르다가 2016년이 되어 상주시 농업기술센터에서 농촌 여성 부업을 위한 제빵기능

사 교육을 수료하고 2017년 세종시에서 우리밀 자연발
효빵을 배웠다.

내가 가장 좋아하는 음식은 피자였다. 초등학교
3학년 즈음인가 서울 이모네 다녀오신 엄마가 만들어주
신 것이 첫 피자였다. 식빵 끝을 잘라내고 부드러운 하
얀 빵 위에 케첩, 치즈, 올리브, 피망, 햄, 버섯, 양파를
작게 썰어 올리고 랩 씌워 전자레인지에 익힌 것이었다.
피자 치즈의 식감과 피망 향이 각인되어 지금도 그 맛이
생생하게 떠오른다. 이때부터 피자는 내 영혼의 음식이
되었다.

제빵수업에서 피자도우 만드는 법을 배워 틈만 나
면 만들어 먹었다. 친구가 와도 피자, 손님이 와도 피자.
맛도 점점 좋아져 자신감이 생겼다. 때마침 남편이 수제
맥주를 만들고 있어서 우리 집에서 피맥 파티가 자주 열
렸다. 사람들이 많이 모인 행사에 피자 몇 판 만들어내고
팔아도 되겠다는 소리도 들었다. 그러다 상주환경농업학
교에 교실 한 칸을 얻어 남편과 둘이 고치고 꾸며 우리밀
교육장을 만들어 피자 체험교육과 우리밀 빵수업을 했다.

　　　　　1장 작지만 반짝반짝 빛나고 있어

본격적으로 '살롱 드 봉강'을 열고 피자 이모가 된 날은 2018년 5월 8일이다. 이때부터 주문이 있으면 만들고 예약 글을 올려 손님을 받았다. 5만 원 주고 산 중고 오븐에 피자를 구우니 30분은 기본이고 때론 한 시간 가까이 기다렸다 배가 최고로 고플 때 먹으니 맛이 없을 수가 없다.

　피자 예약은 하루 전에 마감하고, 마감이 끝나면 바로 장을 보고 반죽에 쓸 야생효모도 깨워야 한다. 쌀 씻어 건조하고 우리나라 토종 밀 앉은키밀도 씻어서 말려둔다. 보통 12시 피자를 위해서는 새벽 5시에 반죽을 시작해 6시 반에 마친다. 이때부터 채소를 솔로 문질러 씻고 또 씻고, 자르고 또 잘라 토핑 재료를 손질한다. 열 개의 피자에 올릴 채소의 무게와 개수를 공평하게 나눠 가지런하게 준비가 되면 반죽을 펴 토마토소스를 바르고 토핑을 올린다. 채소의 양과 올리는 순서가 일정하니 누가 만들어도 맛있다.

　그래서인지 소문이 나기 시작해 2020년 시내에 피자가게를 열었다. 시내 피자집은 소금가게가 양쪽에 있어 살롱 드 봉강보다는 소금과 소금 사이로 불린다.

외서면 봉강리에 있는 살롱 드 봉강과 왕산로 소금 상회 옆 살롱 드 봉강. 두 가게의 문을 열고 닫는 게 보통 일이 아니지만 열심히 피자 굽고 우리밀 빵도 만들고 수업도 하고 있다.

상주에 돌아왔고 쌀 자급의 꿈을 이루었다. 이제 새로 꾸는 꿈은 소박한 집을 직접 지어 할머니가 되어서도 피자를 굽고 시골빵을 굽는 것이다.

지붕 위 고양이

얼마 전 지붕 위 노랑 고양이 웅이가 고양이 별로 돌아갔다. 발이 크고 두꺼워 아주 큰 수컷고양이가 될 줄 알았다.

웅이는 상주환경농업학교에서 태어난 많은 고양이 중 하나인 루비의 새끼였다. 루비가 작년 8월에 낳은 새끼들을 지붕에 두고 한참을 오지 않아 지붕 위로 밥과 물을 올려주었다. 열흘이 훌쩍 넘어 돌아왔지만 자기 새

1장 작지만 반짝반짝 빛나고 있어

끼들을 못 본 척하고 돌보지 않아 지붕 한쪽에 사다리를 두고 새끼 고양이들을 보살폈다. 그리고 얼마 뒤 지붕 뒤쪽 구석에서 발견한 똥더미를 보고 깜짝 놀라기도 했지만 안쓰러운 마음이 더 컸다. 흙을 파 똥을 싸고 또 흙을 덮어 흔적을 묻는 본능도 참고, 사다리 타고 불쑥 올라오는 사람을 매일 만나는 게 얼마나 불편하고 두려웠을까. 계속 지붕 위에서 살게 둘 수는 없어 지붕 끝부터 땅까지 망을 감은 나무판을 걸쳐주었다.

지붕 위 고양이들이 땅에 내려온 날, 난생처음 흙과 마른풀을 밟아본 날 얼마나 좋았을까. 그래 봤자 멀리 가지도 못하고 나무판 옆에 똥 싸고 파헤쳐 놓은 흔적을 보며 감격스러워 눈물이 났던 것 같다. 새끼 고양이가 너무 귀엽고 예뻐 노는 것을 보다가 하루가 다 가기도 했다. 이런 날들이 꽤 잦아 일을 많이 못 하는 날도 많았지만 전혀 아쉽지가 않았다. 아쉬울 수가 없다. 그 순간이 가장 행복했으니.

아픈 웅이에게 내가 할 수 있는 건 그저 옆에 있어주는 게 전부였다. 매일 병원에 데려가 주사를 맞혔지만 기운을 차리지 못했다. 그렇게 일주일을 보내다 눈을 감았다. 병원에 데리고 다니지 않았다면 더 편히 가지 않았을까 싶기도 하다.

삽으로 땅을 파 그 작은 몸을 누이고 천천히 흙으로 덮으며 너무나 짧은 생이 안타까워 눈물이 났다. 애써 참지 않고 소리내 울어도 되는 것. 이곳에서의 삶이 허락한 시간이라는 느낌도 들었다. 상주에서는 시간이 천천히 흐르기 때문에 순간순간 나는 더 큰 행복과 더 깊은 슬픔을 느낀다. 이것도 축복이다.

하루를 닫는 마지막 햇살이 웅이가 지냈던 지붕 한쪽에 걸렸다 이제 검푸른 논밭 저 멀리로 넘어간다. 어슴푸레 남은 붉은 빛마저 지평선에 걸렸다 사라진다. 포근하고 아늑한 어둠 속에서 바람이 불어와 부드럽게 얼굴을 스친다.

2
장

삶이란
직선 아닌
곡선

"첫째와 둘째에 이어 지금은 막내가 2학년이니, 나도 어느새 상주남부초등학교 학부모 십 년 차다. 첫째가 졸업하고 선생님들도 바뀌는 사이 학교 분위기도 사뭇 달라졌다. 강산이 변하고 세대 교체를 했으니 젊어졌달까. 현대적인 교육방식이 조금 낯설 때도 있지만 '참삶을 가꾸는 행복한 작은 학교'라는 처음의 뜻은 그대로 이어지고 있다. 여전히 학생과 선생님과 학부모가 함께 꿈꿀 수 있는 학교라니 멋지지 않은가. 만약 넷째가 있었다면? 첫째와 둘째와 셋째를 선배로 둔 남부초 학생이었겠지."

박현정

———————————————

작은 학교 학부모

지역이란
오래된 이야기

김주애

상주에서 태어나 산으로 들로 쏘다니며 자랐다. 지
금은 아이들을 가르치고, 시를 쓰고, 다시 산으로 들
로 쏘다니며 살고 있다. 《납작한 풍경》, 《오래된 의
자》(공저) 등의 시집이 있다.

내가 살던 동네 뒷산은 과히 간식 창고라고 해도 맞을 듯싶다. 이른 3월부터 진달래가 피기 시작해 매년 그곳에 가면 연분홍 꽃잎이 군침을 돋운다. 딱히 배를 채우기 위해서라기보다 한 잎 한 잎 입에 넣으면 달지도 않고 쓸쓸한 맛이 신기해 산 구석구석을 다니며 진달래를 찾았다. 진달래가 지고 나면 찔레가 기다리고 있다. '엄마 일 가는 길에 하얀 찔레꽃~' 노래에 눈물도 찔끔 흘러가며 보들보들 올라온 새순을 꺾어 먹었다. 하얀 찔레꽃만 보면 왠지 숙연하고 슬퍼지면서도 올라온 새순은 살뜰히 꺾어 먹고 놀았다.

그 뒤를 이어 기다리고 있는 먹거리는 삐삐이다. 아마 풀을 뽑아 올릴 때 삐~소리가 나서 지은 이름이 아닐까 싶다. 손쉽게 구할 수 있는 간식이기도 하다. 조금만 걸어 나가면 밭둑이나 비탈진 기슭에 삐삐가 천지다. 다만 모양이 비슷한 것들이 많아 진짜 삐삐를 뽑으려면 뛰어난 관찰력을 요구한다. 삐삐는 제법 단맛이 난다. 질겅질겅 오래 씹으면 껌처럼 점성이 생겨서 잊지 않고 챙겨 먹는 간식이다. 연할 때만 먹을 수 있는 간식이라 시기를 꼭 기억해야 한다. 그런데 어쩌다 시기를 놓쳐 들판에 하얗게 쇠어버린 삐삐가 나풀거리는 걸 볼 때는 내 게으름을 한탄했다.

그래서 그런지 어른이 된 지금도 철철이 그 자연의 맛을 잊지 못한다. 바람 끝이 무뎌지면 숨어있던 기억들이 하나둘 올라와 단맛도 없는 자연의 간식을 찾아다닌다. 오디가 익을 무렵이면 논두렁 밭두렁을 서성이고, 이 비탈 저 비탈 기웃거리며 산딸기를 따러 다닌다. 배가 부를 만큼 먹을 양이 아니어도 그저 한 알이면 충분해 연례행사처럼 다니고 있다.

가끔 며느리배꼽이니 박주가리니 망개 열매니 하는 낯선 이름의 먹거리를 얘기하면 어떤 이들은 '그걸 먹을 수 있어요?' 하고 뜨악한 표정을 지을 때가 있다. 그러면 나는 '그걸 먹고도 지금까지 잘 살고 있어요'라는 표정으로 웃어준다.

자연 속에서 어린 시절을 보내다 중고등학교를 시내로 다니면서 자연스레 자연과 멀어졌다. 시내 아이들과 친구가 되면서 새로운 장르에 눈을 떠야 했다. 유명 브랜드의 가방, 신발을 가진 아이들이 부럽기 시작했다. 무리에 속하기 위해서는 하나 정도 있어야 했다. 평소 신던 신발 값의 세 배나 하는 브랜드 운동화는 친구들과 당당히 발맞춰 걸을 수 있는 조건이 되었다. 사실 시내라고 해봐야 들판이 도시의 반이고 오일장이 열리는 도시 축에도 끼지 못할 시골스러운 곳이지만 중고등학교를 지나면서 자연보다 공부가 더 중요해졌고 진로가 고민의 중심으로 자리 잡기 시작했다.

돌아보면 풍족한 어린 시절을 보냈음에도 남들에게 인정받을 만한 일이 되지 못했다. 촌스러운 경험은 아이들의 유치원 이야기와 바나나, 햄버거에 눌려 기를 펴지 못했다. 대공원이니 놀이동산이니 눈이 휘둥그레지는 이야기에 나의 산딸기도 오디도 저절로 익고 저절로 떨어지는 일만 반복해야 했다. 자연이 주는 단맛은 그렇게 멀어져 가는 듯했다.

떠나는 아이들과 남은 아이들

어느 날 도시의 삶을 포기하고 지역에 사는 이를 만난 적이 있다.

"여기는 없는 것이 많아서 참 좋아요."

무슨 말인가 싶어 그의 얼굴을 쳐다보았다.

"없다는 건 할 수 있는 게 많다는 거잖아요."

그 말이 심장을 쿵 울렸다.

사실 지역은 없는 것이 많고 도시보다 불편해서 견디며 사는 것이라고 생각했는데, 그의 말은 내 생각이 틀렸음을 지적했다.

'아 그렇구나! 없다는 건 실패와는 다른 거구나.'

지역의 아이들이 쉽게 고향을 떠나는 이유의 하나는 지역에 아무것도 없다는 것이다. 놀 거리가 없고 볼거리도 없고 자기 끼를 펼칠 공간도 부족하다는 것이다. 그래서 아이들은 고등학교를 마치면 떠나는 것을 당연하게 여긴다. 떠나는 것이 삶의 성공 기준이나 되는 것처럼 너도나도 도시의 삶을 꿈꾼다.

아이들은 십 대를 지나 이십 대로 가는 지점에서

고민한다. 미성년인 십 대와 성인인 이십 대의 차이는 극명하다. 십 대는 부모 그늘에서 부모의 도움으로 살아가는 시기이다. 스스로 삶을 선택할 수 없고, 모든 일에 부모의 동의라는 조건이 붙는 나이이다. 그래서 부모의 의견은 잔소리가 되고 자연스레 간섭에서 벗어난 자신만의 새로운 공간을 꿈꾸는지도 모르겠다. 지긋지긋하게 보아온 풍경에서 벗어나고 싶은 욕망은 어쩌면 당연할지 모른다. 그래서 지역 아이들 대부분은 이십 대가 되면 부모 곁을 떠나는 것을 통과의례처럼 받아들인다.

그런데 이십 대를 보내는 도시 아이들은 조금 다르다. 직장이 멀지 않는 한 부모 근처에서 삶을 살아가는 도시 아이들은 남는 것이 당연한 일인 것이다. 지역에 사는 아이들과는 정반대의 사고를 하는 셈이다. 결국 도시 아이들은 살던 곳에서 꿈을 찾고 지역 아이들은 살던 곳을 떠나 꿈을 찾아야 하는 불안감을 안고 이십 대를 맞는 셈이다.

하루는 가르치는 아이들과 진로를 고민하면서 미래에 관한 이야기를 하고 있었다. 어디에서 무엇을 하면서 살게 될까, 라는 주제로 이야기를 나누었다. 지금 사는 곳을 선택한 아이는 아무도 없었다.

"여기는 흑백 같고 도시는 컬러 같아요."

도시의 삶이 어떤지도 모르는 아이들은 도시라는 막연한 희망에 취해 즐거워했다. 도시에는 많은 것이 있다. 아이들이 즐겨 보는 영상의 장소도, 좋아하는 아이돌도 모두 도시에 있다. 그래서 지역의 아이들은 도시라는 목표에 깃발을 꽂고 꿈을 키우고 있다.

"그런데, 대학교 마치고 갈 곳이 없으면 어떡할 거야?"

신이 나 미래를 꿈꾸는 아이들에게 질문을 던져보았다. 생각하기도 싫은 듯 진저리를 치는 아이들, 그래도 여기는 아니지 않을까 부정하는 아이들 속에 마지못해 답을 하는 아이가 있었다.

"글쎄요, 갈 곳이 없으면… 여기 살겠죠."

따지고 보면 나는 남은 사람이다. 학업을 위해 잠시 떠나있던 몇 년을 빼면 오롯이 여기서 먹고사는 사람이다. 떠나는 걸 당연히 여기는 친구들 속에서 나는 왜 남기를 선택했는지 정확하게 기억나지는 않는다. '어쩌다 보니'가 정답일지 모른다. 자연을 지독하게 사랑해서 남은 것도, 부모에 대한 뜨거운 효심도 그 이유는 되지 못한다. 하지만 다행히 이런저런 이유로 남은 친구도 제법 있어서 지역에서 사는 삶도 꽤 즐거웠다. 도시로 떠나는 친구를 하나둘 배웅하면서, 또 수시로 내려오는 친구들을 마중하면서 나름 쉴 틈 없이 바쁜 날들을 살았다. 가끔 내려오는 친구들이 말한다.

"네가 여기를 지키고 있어서 좋다. 고향 온 것 같고."

원하는 바는 아니었으나 나는 고향을 꿋꿋이 지키는 사람이 되었다. 사실 지역에 산다는 건 또 다른 불편함도 있다. 우리 집 숟가락 수를 온 동네 사람들이 다 꿰고 있을 정도로 열린 정보에 난감할 때가 많았다. 서른이 넘어도 결혼하지 않은 나는 온 동네 걱정거리가 되어야 했다. 신작로를 지나 골목으로 들어서 집에 오는 길이면 동네 어른들의 국수는 언제 먹여 주냐는 눈빛을 일상적으로 견뎌야 했다. 또 늦은 귀가는 늘 구설수에 올라 엄마의 잔소리를 불러왔다. 마을이라는 울타리 안에서는 사적인 비밀이 하루를 넘는 법이 없었다. 그래도 그 따스한 보살핌으로 여태껏 별 탈 없이 잘 살고 있는지도 모른다.

그렇게 시간이 흘러 이제는 나의 아이들이 성장해서 남을 것인가 떠날 것인가 고민할 시기가 왔다. 그때나 지금이나 변한 것은 거의 없다. 예전에 놀이던 곳에 사과나무가 자라고, 몇몇 건물이 허물어지고 다시 세워졌고, 미나리꽝이었던 곳에 아파트가 들어서긴 했으나 여전히 그 시절 살던 사람들이 그 동네에 그 마음으로 살고 있다. 지역은 아무리 변화를 모색해도 여전히 공기는 맑고 텃밭에는 상추가 자라고 가을이면 누렇게 황금 들판을 이루어 마음을 설레게 한다. 그때와 조금 달라진 것이 있다면 지금은 남은 아이들의 안부를 물을 수가 없다는 것이다.

대학을 선택하지 않은 아이들을 집에 둔 부모는 무슨 죄인이나 되는 것처럼 남은 아이의 이야기를 하지 않는다.

'그 집 아이는…?'이라는 질문은 질문을 받는 엄마도 남아있는 아이에게도 상처를 주는 말이 되었다. 어쩌다 지역에 남는 것이 주눅 들고 부끄러운 일이 되어버렸을까. 남겠다는 결심에도 많은 용기가 필요했을 텐데, 그 용기를 누가 감히 하찮다고 하는 것일까. 우리 모두 반성이 필요한 부분이다.

가끔 지역에 살아도 먹고살 만하냐고 묻는 이들이 있다. 그래서 나는 이렇게 대답해준다.

"먹고살고도 남아서 나눠주고 살아요."

떠나간 아이들을 위한 자리

살다 보면 사람에게 위로를 받을 때도 있지만 자연에 위로를 받을 때가 있다. 어느 날 문득 하늘이 눈부셔서 살맛 나고, 어깨를 툭 치고 지나는 바람에 설레서 한참을 서 있기도 하고, 바람에 흔들리는 개망초꽃에 마음이 들떠 발끝이 간질거리기도 한다. 이렇듯 지역에는 설렐 수 있는 순간이 참 많다. 수많은 시인의 노래도 자연을 빼고는 시가 되지 않는다.

'사람보다 흙이 더 아플 때가 있다'고 노래한 시인이 있다. 이 시를 읽을 때마다 내가 흙이나 되는 것처럼 저릿저릿한 마음이 든다. 삶의 터를 옮기고 적응하느라 수없이 미끄러지고 엉클어진 마음들이 있었을 텐데…. 도시에서 시골로, 시골에서 도시로 간 마음들이 적응하느라 얼마나 많은 두려움을 견뎠을까. 그런데 그 마음을 흙이 다 안다니 세상은 아무리 돌고 돌아봐야 흙의 보살핌을 벗어나지 못한다는 것이다. 더 큰 소리로 울어주는 흙의 마음이 얼마나 위안이 되고 든든한가.

"다시 돌아올 수 있었으면 좋겠어요"라고 말하는 아이들이 있다. 대도시 보도블록 위 가로등 밑에서, 퇴근길 끝도 없는 교통 체증 속에서 아이들은 흙의 울음을 들었던 것일까.

논 한가운데 카페를 열고 싶다는 꿈을 가진 아이가 있었다. 우리는 장사가 되겠냐, 누가 찾아오겠냐, 망하면 어쩌냐 등 일어나지도 않은 일을 걱정하며 아이의 꿈을 말리고 있었다. 하지만 아이는, "대신 누구의 눈치도 안

보고 느긋하게 살 수 있지 않을까요?"라고 들뜬 얼굴로
말했다.

순간 대중 매체에서 떠도는 소문에 익숙해 정작 꿈
을 꾸는 이유는 잃어버리고 사는 것 아닌가 싶었다. 잘하
라고만 하고 잘할 수 있는 시간을 기다려주지 않은 건 아
닐까. 다양한 꿈을 꾸라고 하고선 꿈을 가지치기하고 있
는 건 아닐까.

돌아보면 지역은 치유를 위한 그 많은 자원을 가지
고도 아이들에게 힘이 되어주지 못하는구나 싶다. 아이
들은 불어오는 바람이, 철철이 피는 꽃이 아름답다고 느
낄 새도 없이 지쳐가고 있는지도 모르겠다. 그러니 그들
이 몰려간 대도시에도 그들이 찾는 꿈이 없을 때는 다시
돌아올 수 있어야 하지 않을까?

지역은 상생의 방법으로 동서남북 길을 내는 데 열
을 올린다. 사방 연결되지 않는 곳이 없다며 지역을 홍보
하고 현수막을 걸어 과시한다. 하지만 정작 떠난 아이들
은 그 길을 타고 내려오는 것을 주저한다. 돌아오는 것이
실패는 아닌데도 그 아이들을 위한 길은 없는 것이다. 여

84

전히 그들이 떠난 빈자리는 그대로 남아있다. 떠난 아이들이 돌아와 그 빈자리를 채운다고 해도 그리 놀랄 일은 아니다.

지역이란 끝나지 않는 이야기

먼 옛날 집과 집이 마주 앉아 이야기를 주고받으며 살아가던 때가 있었다. 서로를 의지해야만 살아갈 수 있던 시간이 오래 존재했다. 내 것을 할 때는 무엇이든 좀 더 넉넉하게 하는 손 큰 엄마들이 많았다. 그 손 큰 엄마의 딸로 살다 보니 그 습성을 어찌 못하고 하는 것마다 넘칠 때가 많다. 하루는 늙은 호박 한 덩이를 긁었더니 아파트 한 동이 먹고도 남을 양이 되었다. 줄지 않는 호박을 부치고 또 부쳐 앞집 윗집 아랫집 그 아랫집까지 다 돌리고 말았다. 저녁에 남은 호박전을 먹으며 생각하니 뭔 오지랖인가 싶어 후회도 했지만, 기꺼이 솜씨 없는 호박전을 받아준 이웃에게 고마운 마음이 들었다.

지역에 산다는 것은 이런 넘치는 배려에도 익숙해

야 한다. 친정 엄마가 준 상추가 썩어가고 있어도 앞집이 텃밭에서 수확했다며 상추를 한 봉지 건네면 넙죽 받을 줄 알아야 하고, 어느 날 퇴근해 집에 와보면 문고리에 누가 놓고 간지도 모르는 양파가 걸려 있어도 의심 없이 맛있게 먹을 줄 알아야 한다.

또 지역에 산다는 것은 전해 들은 이야기를 믿고 사는 즐거움도 누릴 줄 알아야 한다.

내가 어릴 적 살던 곳에는 의자 바위가 있었다. 뜬금없게도 논둑 한가운데 박혀서는 오가는 사람들의 절을 받았다. 전설에 따르면 한 애국지사가 피를 철철 흘리며 잠시 쉬어 갔다 해서 바위에 꽃을 바쳐 그 영혼을 위로해야 탈이 없다고 했다. 그 사실을 철석같이 믿었던 우리는 논두렁을 지날 적마다 들에 핀 민들레나 개망초를 꺾어다 바위를 정성껏 섬겼다. 어쩌다 꽃이 없어 바치지 못하면 죄지은 사람처럼 도망치듯 집으로 뛰어가곤 했다. 그러고도 벌렁거리는 가슴이 진정되지 않아 누군가에게 고해성사 같은 걸 하기도 했다.

어느 날 보니 그 바위가 마을 중앙에 떡하니 자리

를 잡고 있었다. 논둑을 허물고 길을 내는데 바위를 버릴 수 없어 마을 공원으로 옮겼다는 것이다. 어른이 되어서 마주하게 된 그 바위는 여전히 붉은 핏자국이 선명한 얼룩을 품고 당당하게 나를 맞았다. 당장 고개 숙여 인사드리지 않는 불손함에 탈이라도 날까 싶어 그 옆 토끼풀꽃 몇 개를 뜯어 올려놓았다. 고스란히 어릴 적 마음이 살아나 흐뭇했다. 동화책에도 나오지 않는 지역이 품고 있는 이야기가 있다. 할머니에게서 엄마로, 엄마에게서 나에게로 전해진 이야기를 여기서 멈출 수는 없다.

성동뜰에 자리한 성동초등학교는 벼들이 누렇게 익어갈 무렵 '논두렁 마라톤 대회'를 한다. 전 학년이 시간 차이를 두고 1킬로 남짓한 논두렁을 뛰어갔다 돌아온다. 뛰다가 중간에 쉬엄쉬엄 걸어가는 아이들도 있고 삼삼오오 발맞춰 천천히 뛰는 아이들도 있다. 성동초등학교만의 독특한 행사이다. 마침 학교 앞이 절대농지라 농사밖에 지을 수 없어서 매년 그 학교 아이들은 가을이면 누렇게 익어가는 논길을 달려가 반환점을 돌고, 처음 출발했던 결승점으로 돌아온다.

이렇게 지역은 반환점을 돌기 전과 돌고 난 후의 길이 다르지 않게, 출발하는 곳과 도착하는 곳이 다시 이어질 수 있는 열리고 너른 품을 길러야 할 것이다. 그래서 떠난 아이들이, 남은 아이들이 다시 그들의 이야기를 당당하게 이어갈 수 있도록 해야 한다.

'옛날 옛적 상주에는 말이지'로 시작하는 무궁무진한 이야기, 끝이 없는 이야기를 시작할 때이다.

작은 실험의 기록

파도

획일화하는 말보다 모든 가능성을 열어두는 말과 생
각을 선호한다. 지치지 않고 계속해서 들이치는 파
도를 흠모하여 스스로에게 파도라는 이름을 주었다.
이 세상에 온 이유를 계속 되묻다가 주변 존재들과
자연스럽고 아름답게 연결되기 위해서라는 답을 찾
았고, 이를 좇으며 살고 있다. 여전히 길에서 다양한
배움을 얻는 중이다.

"학교 왜 안 갔어?"

언젠가부터 습관적으로 하는 말들이 생겼다. 어디서부터 어디까지, 어떤 식으로 말해야 남들이 더 잘 이해할지 살피며 생긴 습관이다. 나는 그동안 나의 길을 정당화해야 한다는 숙제를 짊어지고 있었다. 내가 하는 것이 남들과 조금 다르다는 이유로 나는 그들을 이해시키고 싶었다. 물론 그들만이 아니라 나를 위한 이유도 필요했을 것이다. 하지만 그렇게 해오던 말들이 이제는 조금 지겹게 느껴진다. 식상하고 어떨 때는 가식적으로 들리기까지 한다. 그래서 사실 이 글을 쓰는 것도 망설여진다.

그동안 나는 뒤를 돌아보며 후회하지 않기 위해서 '지금을 사는 법'을 열심히 연습했다. 삼 년 전 모든 것이 막막했던 나. 지금도 여전히 같은 고민을 한다. 대부분의 고민은 나로부터 시작해서 나로 끝난다. 아마 죽을 때까지 이런 과정이 반복되지 않을까? 하지만 여전히 나는 지금을 살기 위해 노력하고 있고 새롭게 생기는 고민과 다정하게 지내고 있다.

남과 다른 길

학교에 가지 않은 이유를 간단히 말하자면, 나의 삼 년을 치열하고 어떨 땐 잔인하기도 한 입시경쟁 교육에 사용하고 싶지 않았기 때문이다. 운이 좋게도 나는 열린 교육관을 가지신 부모님과 함께 살고 있었다. 그들은 대한민국 공교육의 변화를 바라는 사람들이고 따라서 나는 일찌감치 남들과 다른 다양한 여러 교육을 접할 수 있었다. 부모님의 교육관으로 나는 시골 작은 학교에 다녔다. 아주 어렸을 때는 내가 받는 교육들을 당연히 여겼지만, 머리가 굵어질수록 '특수한' 경우라는 것을 알게 되었다. 대한민국의 주류 교육은 내가 하는 것들과는 전혀 다른 쪽으로 흘러가고 있다는 것을 서서히 깨닫게 되었다.

홈스쿨링이나 대안학교도 그리 낯선 것이 아니었다. 오히려 모르는 사람들이 신기했다. 내겐 당연한 것들이 이 세상엔 당연하지 않을 수 있다는 것을 깨닫게 된 것은 그리 오래되지 않는다. 지금도 조금씩 깨닫고 있다.

내가 다닌 초등학교는 시골 마을에 있는 작은 혁신 학교였다. 사회가 요구하는 것과는 조금 다른 교육을 지지하는 선생님과 학부모들이 모여 만든 학교였다. 이 학교에선 성적이나 시험에 너무 많은 에너지를 쏟지 않았다. 대신 우리는 놀며 배워야 했다. 싸우며 배우고 울며 배우고, 친구들 사이에서 일어난 일을 스스로 해결하는 법과 어떻게 함께 살아가야 하는지에 대한 감각을 조금씩 배웠다. 평소엔 기본 교과서로 교실에서 수업하지만 자주 책을 덮고 밖에 나가 직접 농사와 텃밭 일을 했고 닭과 돼지를 키웠다. 어린이날을 중요하게 생각했고, 이곳저곳 학교 밖에서 하는 체험 활동이 많았다. 덥석 받아 먹기만 했던 것들이 이제 나의 일이 되었다. 밥하는 법, 설거지하는 법, 텐트 치는 법, 불 피우는 법, 빨래하는 법을 매년 새롭게 배웠다.

내가 다닌 중학교의 교훈은 '스스로 서고 함께 가자'이다. 직접 경험해 배우고 이를 친구들과 나누는 것이 가장 중요했다. 선생님들은 '너희가 한번 해봐' 하며 건네 줄 뿐이었다. 그렇게 이어진 다양한 학생 자치 활동을 했다. 전교생 이름을 다 알 정도로 작은 학교의 특성일까, 우리가 하는 만큼 우리는 배우고 얻을 수 있었다. 그게 눈에 선명하게 보였다.

그래서 무엇이든 열심히 하려고 했다. 매년 돌아오는 이동수업은 하나부터 열까지 학생들이 직접 계획을 짜는 수학여행이다. 원하는 곳을 갈 수 있다는 장점이 있지만, 이에 필요한 세세한 준비 또한 우리가 직접 해야 했다. 또 매주 학생회를 중심으로 한자리 모임을 진행한다. 그 모임에서 학교의 운영을 함께 의논하고 결정했다. 두레라고 불리는 일곱 개 부서에 구성원으로 참여해야 했고 각 두레의 역할 또한 다 달랐다. 말 그대로 학생이 주인인 학교였다. 우리가 가꾸고 만드는 삼 년이었다. 또 다양한 방과 후 활동이 있었다. 학교를 마치면 학원에 가는 대신 학교에서 지원해주는 활동을 하자는 의미였다. 성적 평가도 조금 달랐다. 지필평가(중간, 기말고사)보다 수행평가의 반영 점수가 높았다. 따라서 시험이 아닌 평소 활동에 집중해야 높은 점수를 받을 수 있었다. 더구나 중간고사는 없고 기말고사만 있었다. 선생님들은 별로 성적을 언급하지 않았다. 성적은 그저 숫자에 불과했다.

당시 나의 세계는 그 작은 학교가 전부였다. 모든 고민의 시작과 끝은 내가 당장 학교에서 하는 일들이었다. 장래니, 미래니 하는 것들은 여전히 막막해 보였고 당장 마주하는 현재가 너무 바빴다. 다만 어느 순간부터 '바깥세상'과 내 세상의 차이가 보이기 시작했다. 눈을 조금만 밖으로 돌리니 시험을 일 년에 두 번만 치는 중학교는 흔하지 않았고 이동수업이나 두레 같은 것들은 고등학교나 대학교 입시에 그다지 쓸모가 없었다. 성적을 잘 관리해야 좋은 고등학교 입학에 유리하다는 사실을 알게 되었다. 중학교 3학년이 되자 친구들과 나는 우리에게 닥쳐올 다양한 변화를 짐작할 수 있었다. 우리가 하던 공부는 그렇게 일반적이 아니라는 것. 그리고 좀처럼 변하지 않는 사회에서 우리가 경험한 작은 시도들은 여러 의미를 담고 있었다.

중학교 졸업을 앞두고 나는 진학에 대해 깊이 고민

하고 선택했다. 내게는 크게 네 가지의 다른 길이 제시되었다. 인문계 고등학교로 가는 길, 특성화 고등학교로 가는 길, 대안학교로 가는 길, 학교를 가지 않는 길….

　때마침 겹친 코로나19 팬데믹에 저마다의 깊은 고민으로 한창 정신없는 중학교 3학년 시절을 보냈다. 친구들 대부분은 시내에 있는 인문계 고등학교를 선택했다. 그 시기에 나는 부모님과 자주 대화를 했고, 부모님은 어떤 선택을 하든 내가 잘 해낼 거라고 믿어주셨다. 인문계 고등학교 생활이나 대안학교, 홈스쿨링 같은 대안 교육에 대한 정보도 다양하게 주셨다. 또 한 해 쉬며 고민해봐도 괜찮다는 제안도 하셨다. 하지만 결국 선택은 내 몫이었다.

　중학교에서 그리 많지도 않은 시험에도 크게 스트레스받았던 나를 떠올리며, 내게 당연한 것들로만 이루어졌던 작고 좁은 세상을 떠올리며 나는 선택의 길로 향했다. 그리고 도저히 답이 안 나와서 우선 일 년 쉬어보기로 했다. 우선 쉬면서 내가 원하는 것을 명확히 하기 위한 선택이었다. 당시 나는 일 년 늦게 학교에 가는 것을 크게 신경 쓰지 않았다. 아무래도 중학교와 고등학교 사이의 큰 간극을 바로 마주할 에너지가 부족했던 것 같다.

그렇게 나만의 일 년을 가진 열일곱 살이 되었다. 친구들이 기숙사에 들어가고, 입학식을 하고, 인생 첫 '야자'를 하고, 모의고사와 중간·기말고사를 치고, 벌써 수시와 정시를 고민하며 생활기록부 채우기를 가장 우선시할 때, 나는 할 수 있는 만큼 외로워도 하고, 반복되는 고민과 후회에 아주 우울해보기도 했다. 아무것도 하지 않고 드라마 정주행을 했고, 운동을 하거나 산을 타기도, 전시회나 공연을 보러 전국 방방곡곡을 돌아다니고, 글을 쓰려고 서울을 오가고, 바리스타 자격증을 따고, 청소년 축제를 진행하고, 수어를 배우고, 검정고시를 치고, 영어 공부를 하고, 여행을 다니고, 요리하고, 청소하고, 퍼레이드 인형을 만들고 그것을 가르치는 일을 했다. 내가 원하는 것들을 내가 원할 때 했다.

쉴래와 쉴러

가장 처음 한 것은 마음껏 푹 쉬기였다. 매일 아침 7시 반에 일어나 30분 정도 버스를 타고 가야 하는 삼 년 동안의 등교 생활을 뒤로한 채 매일 늦잠을 잤다. 코로나로 앞당겨진 방학을 3, 4월이 될 때까지 신나게 즐겼다. 친구들이 하나둘 기숙사에 들어가고 입학식을 할 때 나는 소파에 누워 하루 종일 넷플릭스 드라마를 몰아보고 있었다. 조금 지겨워지면 요리를 했고 배가 부르면 낮잠, 다시 소파에 누워 드라마 보기. 당연히 생산적인 일을 하고 있지 않다는 죄책감에 멍해지는 순간도 있었다. 하지만 아무도 내게 뭔가를 시키지 않는다는 해방감에 죄책감보다는 당장 즐거운 마음이 더 크게 느껴졌다. 무슨 일이든 할 만큼 하고 나면 지겨워서 그만둔다는 이야기도 들었던 터라 늘 생산적이어야 한다는 강박에서 나를 좀 놓아주기로 했다.

그렇게 놀고먹고 후회하고, 놀고먹고 후회하는 사이클을 몇 차례 반복할 때쯤 나의 커뮤니티 활동도 시작되었다. '쉴래'였다.

쉴래는 지역 공동체에서 만든 청소년 인생학교다. 아버지가 그곳을 일구는 사람 중 한 명이었고 덕분에 나는 그 단체가 익숙했다. 내가 중학생 때 문을 연 신생 공동체였지만 시간이 지나며 이전만큼 활동이 활발하지 않았다. 아무래도 이런 공동체는 이를 필요로 하는 청소년이 많아야 활기차게 돌아가는데 내가 있던 시기엔 사람이 많지 않았다. 이런 공동체를 찾는 청소년이 많지 않다는 것을 알고 있었지만 내게 큰 선택권은 없었다.

4월의 어느 날, 쉴래 선생님께 연락이 왔다. 한번 만나자고. 마침 일상이 슬슬 시루해지던 참이라 설레는 연락이었다. 밖에서 보던 모습과 실제로 그곳의 일원, 즉 쉴러(쉴래의 행위자, 즉 청소년을 부르는 말로 쉴래에 'er'을 붙여 쉴러라고 칭한다)로서 보는 것은 달랐다. 생각보다 잘 가꿔진 공동체였다.

쉴래에는 나름의 커리큘럼이 있었다. 가장 크게는 '뿌리내리기'와 '가지치기'로 나뉜다. '뿌리내리기'란 기본적으로 청소년 시기에 가져야 하는 기초 교양이다. 기초적인 체력을 키울 수 있는 몸 만들기와 사고를 돕는 생각

키우기로 나뉜다. 생각 키우기는 한 달에 한 번 정해진 주제에 대해 이런저런 이야기를 하는 형식이다. 주제에 따라 발제자를 정해 그가 모임을 이끈다.

첫 모임에서는 공교육과 각자가 거쳐온 교육과정에 대해 이야기했다. 그 뒤로는 K-컬처나 음악, 영화나 독서 모임도 있었다. 나는 생각 키우기를 좋아했다. 평소 혼자 하는 생각이나 고민이 너무나 많았는데 그걸 함께 나눌 수 있어 그 자체로 위로를 많이 받았다. 내가 무언가를 말할 수 있고 잘 들어주는 공간이었기에 좋았다. 발제를 맡게 되면 정말 열심히 준비했다. 잘 준비해서 잘 보여주고 잘 나누고 싶은 마음이 컸다. 그때 내게 이런 커뮤니티가 중요하다는 것을 알았다.

몸 만들기는 체육 수업이었다. 기초 체력을 기르기 위한 수업이다. 일주일에 한 번 모든 쉴러들이 모여 배드민턴을 치고 배구를 배우고 헬스장에 갔다. 솔직히 열심히 참여하지 않아 몸이 좋아졌다는 느낌은 없었지만 무언가를 하고 있다는 느낌이 좋았다.

'가지치기'는 선택 수업 과정이다. 보통은 쉴러들

이 원하는 수업을 요청하면 지역에서 강사를 찾아 개설하는 형식이었다. 나는 영어 수업과 수박 겉핥기, 집밥과 창업 수업을 했다. 영어 수업은 회화가 중심이었다. 중학교 영어 수업과는 전혀 달랐다. 학생 세 명과 선생님 한 명으로 진행되는 작은 수업. 우리는 최대한 영어로만 말하며 두 시간 정도를 함께 보냈다. 매주 한 번, 영어 기사를 읽으며 해석하고 생각을 공유하는 형식이었다. 처음에는 영어로 말하는 것이 아주 어색했지만, 점차 익숙해졌다. 그 수업 이후로 영어를 입 밖으로 꺼낼 수 있었다.

수박 겉핥기는 상주에 거주하는 김수박 선생님의 인문학 수업이었다. 수박 겉핥기라는 속담처럼 그날 주제를 깊이보다는 다양하게 포괄적으로 살피며 함께 이야기하는 수업이었다.

집밥 수업은 언젠가 하게 될 홀로서기, 즉 자취생활을 위해 시작했다. 내가 먹을 음식을 직접 할 수 있는 능력은 꼭 필요할 것 같았다. 어떤 음식을 어떻게 요리하는지도 배웠지만 동시에 요리나 음식과 관련한 다양한 인문학적인 이야기를 들을 수 있었다. 내가 먹는 것이 그냥 생기는 것이 아니라는 것을 집밥 수업에서 배웠다.

창업 수업은 한창 제로웨이스트숍에 관심이 생겨 챙겨 들었다. 사실 매장을 운영하거나 사업을 시작하는 창업 개념보다는 나를 이루고 있는 것들을 어떻게 상품 가치로 연결할 수 있을지를 공부했다. 그 과정에서 나와 내 주변이 다시 보이고 나를 더 깊이 이해할 수 있어 좋았다.

쉴래는 2021년 이후로 서서히 활동이 뜸해졌고 지금은 존재하지 않는 공동체이다. 공동체를 원하는 쉴러들의 행보가 전처럼 활발하지 않아 이루어진 자연스러운 결말이라고 생각한다. 그동안 쉴래를 열심히 꾸렸던 각 지역의 어른들은 지금도 여전히 각자의 위치에서 다양한 일을 꾸려가신다. 내가 쉴래 공동체를 경험하고 기록할 수 있어 행운이었다.

열일곱의 플레이리스트

쉴래 공동체 외에도 내가 할 수 있는 것들을 최대

한 찾아 시도해보려 했다. 상주에는 꿈드림센터와 청소년문화센터 모디라는 두 곳의 청소년 시설이 있다.

꿈드림센터는 학교 밖 청소년들을 지원하는 공간이다. 각 지자체의 지원을 받아 대부분의 지역에서 운영되고 있다. 나는 이곳에서 바리스타 자격증 공부를 했고 급식이나 교통비, 건강검진 지원을 받았다. 그리고 고졸 학력을 위한 검정고시 수업도 지원받을 수 있었다.

모디는 상주교육지원청 직속이다. 12세에서 19세 사이의 학교에 다니는 청소년, 다니지 않는 청소년 모두를 위한 곳이다. 모디가 본격적으로 시작한 2020년부터 청소년 자치위원회가 만들어졌다. 중학교 3학년 때부터 나는 모디 청소년 자치위원회 활동을 꾸준히 하며 새로운 친구들을 만나고 관계를 이어왔다. 또 센터 자체에서 지원하는 다양한 프로그램에 참여했다. 스페인어나 브라질 퍼커션 바투카다 등 낯설고 생소한 것들도 접할 수 있었다. 사진 수업이나 동아리 지원(글쓰기 동아리, 환경 동아리, 배구 동아리를 운영했다)을 통해 내가 정말 하고 싶던 것들을 배울 기회도 생겼다. 내가 하고 싶은 것들을 내가 하고 싶을 때 할 수 있다는 것은 그 자체로 큰 의미였다. 내가 선택한 것이라 진심으로 배움에 임할 수 있었다.

여행도 자주 다녔다. 인스타그램 같은 소셜미디어로 내가 좋아하는 종류의 공연이나 전시 소식을 빠르게 접할 수 있었고, 시간이 워낙 많으니 모아둔 용돈으로 방방곡곡 돌아다닐 수 있었다. 그렇게 지역이 좁거나 답답하게 느껴질 때면 훌쩍 떠나곤 했다. 가서 또 잔뜩 보고 오면 다시 활기가 돌고 이것저것 할 힘이 생겼다.

좋은 기회로 두 번의 해외여행을 다녀올 수 있었다. 첫 번째는 2021년 겨울 미국 여행이었다. 영어 공부의 목적이 가장 컸고 학교를 쉬던 첫해의 마무리로 적합할 것 같았다. 처음으로 혼자 떠난 경험이었기에 집을 많이 그리워했고 많이 울었다. 엄마 친구 집에 머물러 아주 안전하고 순탄한 여행이었지만 처음으로 이방인이 된 기분은 낯설었다. 속하지 않는 것에 대한 외로움이 컸다. 언어가 중요한 이유를 알게 된 시점이기도 하다. 대화하기엔 부족한 영어였지만 그 기간을 통해 영어를 들을 수 있는 귀를 얻은 것 같다.

두 번째는 2022년 여름 유럽 여행이었다. 지구여행학교라는 단체와 함께 10일간 산티아고 순례길을 걸었다. 산티아고 순례길에선 정말 근본적인 것들만 반복해서 했다. 걷고, 먹고, 자고. 덕분에 강한 태생적 에너지를 느낄 수 있었다. 반복되는 행위에서 내 존재가 보이고 살아있다는 감각이 생생히 살아났다. 또 비슷한 목표를 가졌지만, 완전히 낯선 사람들을 만나는 귀한 경험이기도 했다. 걸으며 하는 대화는 두서없이 시작해서 깊어지기 마련이다. 하루에 20킬로씩 걷는 동안 생기는 외로움을 서로 대화하며 덜 수 있었다. 처음으로 많은 외국인과 영어로 소통한 경험이었다. 말이 통한다는 것을 안 순간의 짜릿함을 잊을 수 없다.

10여 일간의 일정이 끝나고 함께 순례길을 걸었던 대학생 언니 오빠와 함께 15일 동안 스페인과 프랑스를 여행했다. 그 후 엄마와 함께 체코, 오스트리아를 돌아다녔다. 총 40일간의 유럽 여행으로 내가 추구하는 여행이 무엇인지 많이 생각할 수 있었다. 관광 여행에서는 별다른 감흥을 느끼지 못했다. 지역과 자연스럽게 연결되는 그런 여행을 하고 싶었다. 또 낯선 곳에서의 일상이 깃든 여행을 하고 싶다고 정리할 수 있었다.

지역 어른들과 연결되는 배움도 있었다. 동네 서점에서 진행되는 작은 글 모임과 책 모임에 참여했다. 또래 모임은 아니었지만, 나는 글을 쓰고 책을 읽고 이야기를 나누고 싶었다. 모임에서 만난 어른들은 색달랐다. 여전히 어른과 청소년이라는 벽이 느껴졌지만 크게 생각하지 않으려고 했다. 내가 나의 상황을 처음부터 끝까지 설명해야 하는 처음 만나는 어른들이었기에 더욱 당당하고 싶었다. 그들의 따뜻한 시선으로 우리는 좋은 우정을 나눌 수 있었다.

종종 다니던 요가학원에서 춤 명상을 시도했다. 그냥 편안하게 음악이나 소리에 맞춰 몸을 움직이면 된다는 소개를 듣고 찾은 곳이었다. 생각했던 것보다 몸을 움직이는 것은 힘든 일이었다. 내 마음처럼 움직이지 않는 몸이 조금 미웠지만 포기하지는 않았다.

전혀 모르거나 겨우 얼굴만 아는 어른들과 한 공간

에 모여서 춤을 추다니. 내가 왜 이걸 한다고 했을까, 너무 어색해 후회도 하고 자연스럽게 포함되지 못하는 나를 한탄도 하며 끝내 눈을 감았다. 시야를 차단하면 차라리 나을 것 같았다. 아주 기본적인 움직임을 반복하며 방 안을 돌아다녔다. 그러다가 산뜻한 바람을 맞았다. 창문이 닫혀 있으니 이 바람은 밖에서 불어오는 것이 아니었다. 그것은 춤바람이었다. 내 옆에 있는 사람들이 춤을 추어 생기는 바람. 그 바람이 너무 포근하고 따뜻해서 나는 눈을 뜨고 말았다. 내 앞에 펼쳐진 광경은 어색하지 않았다.

여전히 자연스럽게 '춤'을 추는 것이 잘 되진 않았지만, 전보다 괜찮았다. 모두가 그냥 서로의 바람을 맞으며 큰 움직임, 작은 움직임으로 꿈틀거렸다. 별생각 없어 보이는 사람들도, 나만큼 잔뜩 의식하는 것처럼 보이는 사람들도 있었다. 그냥 이렇게 시도해보는 것이라는 걸 알고 조금 편안한 마음으로 남은 시간에 임할 수 있었다. 나의 움직임이 어떤 바람을 불게 하는지 바라보며 그들과 함께 춤을 추었다.

작년 겨울에는 수어를 배웠다. 전부터 관심 있는 언어였는데, 마침 수업이 개설되어서 고민 없이 참가했다. 여전히 내 또래는 없는 작은 공간. 우리는 기본적인 단어들과 표현법, 지화를 배웠다. 손으로 하는 말에는 더 많은 표정이 요구되었다. 부끄러웠지만 또 다른 새로운 대화를 위한 일이라 조금 용기를 내려 했다. 모두 주춤주춤했지만 조금씩 시도하는 모습이 아름다웠다.

작은 실험의 기록

삼 년 동안 당연하게도 나는 잔뜩 우울했고 외로웠다. 나의 우울함에 대해 말하라고 한다면 나는 쉬지 않고 말할 수 있다. 내가 지나온 우울의 모습은 하나같이 다르게 생겼지만, 그럼에도 그 본질은 닮아있다. 결국은 시작도 끝도 나로 비롯되고 나로 마무리된다. 나는 우울을 늪으로 표현하곤 했다. 한 번 빠지면 쉽게 빠져나올 수 없기 때문이다. 저 밑바닥까지 고요히 가라앉고 나면 바닥을 탁 치고 올라올 수 있기 때문이다. 우울이 찾아오면 나는 늘 가라앉기를 기다렸다. 시간을 갖고 마음을 편하게 먹으니 자연스레 가라앉았다. 그러면 바닥을 차고 수면 위로 올라와 일상을 살았다.

가장 자주 하던 고민은 이런 것이었다. '조금 다른'이라는 수식이 붙는 나의 삶. 그런 특별한 수식어가 방해될 때가 있었다. 따로 튀지 않고 다른 이들과 비슷하게 고만고만한 고민을 하며 살고 싶다는 생각. 하지만 동시에 특별한 사람이 되고 싶은 마음도 따라왔다. 내 삶의 방식에 '조금 다른'이라는 수식이 붙는 것을 자랑스럽게 여길 때도 분명 있었다.

또 내 삶을 정당화하기 위하여 남의 삶을 부정하던 시절도 분명히 있었다. 내가 무언가 잘못 선택한 것 같고 후회가 될 때 나를 다시 세우기 위해 비교라는 잘못된 도구를 사용한 것이다. 우리는 모두 우리의 최선을 다하고 있다는 것을 놓친 어린 생각이었다. 누군가 나와 내 길에 감 놔라 배 놔라 할 때가 가장 싫으면서 결국 내가 그런 일을 하고 있었던 것이다.

이렇듯 나의 다양한 우울을 잠재우는 방법은 쓰는

것이었다. 마구 쓰다 보면 비로소 가벼워진 내 모습이 보였고 가벼워진 나는 스스로에게 거리를 두고 조금 떨어져서 상황을 볼 수 있었다. 우울과 고민은 그제야 작아지고 덜 아팠다. 그래서 쓰기 시작했다. 처음엔 그냥 나를 위해서 썼다.

혼자 하는 것이 지겹고 더 좋은 글을 쓰고 싶어서 서울에서 진행되는 글쓰기 모임을 찾아갔다. 매주 금요일 왕복 다섯 시간을 들여 서울을 오갔고 좋은 동료들을 만났다. 보여지는 글을 쓰는 것은 내가 하던 방식과는 전혀 다른 일이었지만 다른 시선으로 내 글에 대한 이야기를 듣는 것은 신선한 경험이었다. 결국 내가 쓰는 것을 누군가 읽을 때 비로소 '글'이 된다는 것을 깨달았다. 그리고 우리는 서로 엮이며, 서로의 독자가 되고 작가가 되어 함께 성장했다. 함께 글 쓰는 것은 힘이 나는 일이었다.

작년 5월 말 나는 작은 전시회를 열었다. 웅장한 미술품 전시가 아닌 소소한 성장 발표회였다. 내가 지역에서 한 배움들을 정리해 다시 지역과 나누기 위해서였다. 전시 준비를 하며 다시 돌아본 나의 지난날들은 무척 다사다난했다. 생각보다 많은 것을 했고 한눈에 볼 수 있게 정리하니 그 치열한 발자국들이 보였다. 우울과 외로움, 긴장과 설렘, 아름다움과 경이로움 같은 크고 작고, 가볍고 무거운 감정들이 한꺼번에 몰려왔다. 지인들의 많은 도움을 받아 함께 전시장을 채웠다. 어떻게 나눌수록 더 많이, 더 다정하게 나눌 수 있을지 함께 고민해주는 이들이 내 주위에 있었다.

다른 진지한 전시처럼 오프닝과 클로징 행사를 진행했고 정말 많은 사람이 다녀갔다. 중학교 친구들과 모디에서 만난 친구들, 지역에서 만난 어른 친구들, 서울에서 내려온 친구도 있었고, 저 멀리 공립 대안학교에서도 어린 친구 여럿이 찾아왔다. 생판 처음 보는 사람에게 내 이야기를 하는 경험은 무척 낯설고 부끄러웠지만 모두 따뜻한 응원의 눈길로 바라보았다. 그들이 다녀간 전시장에는 온기가 묻어났다. 당시 한창 하던 고민, 나는 왜 이곳에 왔는가, 내 존재의 물음에도 대답이 자연스레 나왔다. 나는 사랑받고 있었다. 그리고 당연하게도 사랑을 주고 있었다. 내 주위에 이렇게나 많은 손길과 눈길이 함께 머물고 있었다. 그렇게 많은 손길과 눈길을 주고받으며 우린 깊숙이 연결되어 있었다. 그렇게 나는 또 하나를 배웠다. 바로 사랑이었다.

소도시의 온도

변영진

도시에서 나고 자랐고 대학에서 외국 문학을 연구하다 삶의 전환을 꿈꾸었다. 현재는 한국 경상북도 상주라는 소도시에서 가족과 살면서 생활과 살림, 자연에 대한 글쓰기와 공부를 하고 있다.

내가 상주라는 경상북도의 작은 도시에 살게 된 것
은 2018년부터다. 그때 나는 미국에서 돌아와 서울에 정
착하지 못하고 오래된 꿈인 한국 시골살이를 위한 지역
을 찾고 있었다. 그러던 중 우연히 상주의 귀농 귀촌 공
동체를 알게 되었다. 조금은 서둘러 결정을 해야 했던 상
황이라 상주가 어떤 곳인지 제대로 알 겨를은 없었다. 많
고 많은 지역 중에 굳이 왜 상주인가에 대한 결정적인 이
유도 없었다. 하지만 그 답은 내가 이곳에서 쌓을 시간들
에서 나올 것이라 믿었다. 그리고 다행히도 그때의 그 막
연한 믿음은 나쁘지 않은 선택이었다. 칠 년여의 역사는
내가 상주에 사는 충분한 이유가 되어주었다.

마이 스위트 홈

서울과 미국 생활이 자유롭지만 불안정한 삶이었

다면 나에게 상주는 정착이라는 안정된 느낌을 준다. 무엇보다도 생애 처음으로 집을 살 기회를 준 곳이다. 집은 늘 해결되지 않는 문제였다. 학교 다니며 자취할 때부터 미국살이를 거쳐 상주에 내려오기까지 수십 년 동안, 살 만한 집 혹은 살 만한 방이라는 것은 늘 여의치 않았다. 이곳저곳 수도 없이 이사를 다니며 보러 다닌 방과 집만 해도 수천은 될 것이다.

집 때문에 많은 일도 겪었다. 한번은 학교 앞 원룸이 전세 사기를 당해 수년 동안의 법정 싸움 끝에 결국 전세금을 받아냈다. 또 한번은 연락이 안 되는 집주인과 담판을 짓겠다고 집 앞에 잠복했다가 쳐들어간 적도 있었는데 싸우다 보니 그 사람은 명의만 빌려준 사람이고 최근에 교도소에서 출소했다는 사실을 알게 되었다. 등골이 서늘해져 바로 태세를 바꾸고 눈물로 호소하다가 결국 무슨 먹을 것 하나 받아들고 나오는 것으로 끝나고 말았다. 집 없는 사람이 겪는 별별 서러운 일들 중 하나이다.

그런 나에게 상주는 세 식구가 살 아담한 아파트를

열어주었다. 서울에서는 반지하도 얻을 수 없는 가격으로 말이다. 처음으로 우리만의 공간을 얻게 되어 얼마나 뿌듯했는지 모른다. 친구들은 시골까지 가서 왜 아파트에 사냐고들 하지만, 사실 나는 이 낡은 아파트를 사랑한다. 일을 마치고 돌아올 때 나를 기다리고 있는 집안 한 구석을 떠올리면 잠시 마음이 포근해진다.

상주는 그런 품을 가지고 있었다. 생긴 대로 사느라 세상의 방식을 몰랐던 우리 가족. 대출을 받고 주식을 하고 아파트 가격을 올리는 그런 삶의 기술에 밝지 못한 우리 같은 어벙한 사람들에게 상주는 너그러이 한구석을 내어주었다.

미국과 서울은 그런 구석이 없었다. 미국은 이민자인 우리 가족에게 '영주할 권리'를 주는 것을 거부했다. 서울 또한 끼어들어 갈 틈이 없었다. 적확히 말하자면, 끼어들어 갈 의지도 약했다. 오랜 공부를 마쳤으니 대학 어느 구석이라도 자리잡을 수 있었지만, 나는 이미 꽤 오래전부터 연구자로서 붙잡고 있던 질문들이 나 자신과 나를 구성하는 것들을 설명할 수 있는 질문이 아니라는 생각을 하고 있었다. 그게 아마 몸이 아프고 생태철학 등에 영향을 받은 삼십 대 후반 즈음부터였는데, 한 전문 분야 연구자의 주제를 넘어서는 물음들이었다. 그렇게 이미 삶의 전환을 꿈꾸고 실행하기 시작한 우리 가족에게 서울 한구석을 차지하는 것은 그다지 큰 의미가 없었다. 이를 위해 애쓰기보다 내가 원하는 삶을 만들겠다는 호기가 더 컸다.

　내 호기를 비웃듯 상주에 내려오자마자 서울 아파트 가격이 천정부지로 치솟았다. 서울이 완전히 나에게 등을 돌린 느낌이었다. 한동안 혼란스러웠다. 도시를 떠난 것은 나의 선택이었고 언제든지 원할 때는 돌아갈 수 있다는 전제였는데, 이제는 아예 돌아갈 수 없게 된 것 같았다. 떠나온 것이 아니라 밀려난 것 같았다. 그러다가 아파트를 둘러싼 희비쌍곡선을 알게 되었다. 집값이 올라서 좋아하는 사람도 있지만, 집값이 오르면서 예상치 못한 갈등과 파국을 겪는 사람들도 많았다. 영혼까지 끌어모아 막차를 탄다는 무시무시한 이야기도 들려왔다. 그러고 나니 오히려 다행이라는 생각이 들었다. 계속 서울에 살면서 아파트가 하루아침에 몇 억씩 오르내리는 것을 보고, 지하철 입구마다 노숙자들을 만나고, 전세 사기를 당해 주인집을 쳐들어가는 상황을 겪고, 그러고 살았다면 어땠을까. 물론 어떻게든 또 버티고 살았겠지만, 생각해보면 그때 서울로 돌아갈 수 없었던 것이 하나의 전환점이었던 것 같다. 서울이라는 중심에서 확실하게 밀려난 후 나의 삶은 비로소 한 발자국 나아갈 수 있게 되었고 그만큼 새로운 것들이 보이고 들어왔다.

소도시의 온도

상주에는 노숙자가 없다. 어느 날 문득 여기는 노숙자가 없다는 것을 깨달았다. 서울과 미국에서는 어디가나 풍경처럼 노숙자가 있었기에 그것은 새로운 발견이었다. 허름한 집일지언정 살 집이 있고 들여다보는 이웃들이 있다는 것이다. 또 이곳에는 반지하가 없다. 도시에서만 살던 나에게는 이것도 살짝 충격이었다. 영화 〈기생충〉을 보고 여기 친구들과 이야기를 나눈 적이 있는데,

한번도 반지하에서 살아본 적이 없다고 했다. 서울에서 반지하를 얻을 돈으로 이곳에서는 소박한 아파트를 살 수 있으니 이들은 대도시의 끝에서 버티는 경험을 하지 않아도 되었던 것이었다.

그래서 그런지 사람들이 각박해 보이지 않는다. 한 정된 자원을 가지고 눈치 보고 싸워 자신의 몫을 지켜야 하는 도시 사람들처럼 뾰족하지 않다. 모두가 비슷하게 가난하고 부자나 잘나가는 사람과의 차이가 크게 느껴지지 않는 동네, 몇 년이 지나도 집값이 오르지도 떨어지지도 않는 곳, 아니 집값 오르고 내리는 것에 신경 쓰지 않는 동네, 그래서 '인심'이라는 인간의 마음이 마모되지 않은 곳, 상주는 그런 곳처럼 보인다.

이곳 사람들이 특별히 여유로운 성품이라서가 아니라 지방 소도시의 환경이 그렇다. 새롭고 잘난 문화나 사람들과의 접촉이 적고, 이로 인한 욕망의 가파름이 덜하다. 한마디로 잘난 꼴 험한 꼴을 보고 겪을 기회가 상대적으로 적다. 그렇게 환경은 사람의 성품과 정서를 형성하는 것이어서 나 또한 이곳에 살면서 훨씬 편안해진 것이 느껴진다.

　서울에서는 뭔가 복잡하고 모순된 정서가 늘 마음 한편에 있었던 것 같다. 하다못해 봄에 벚꽃이 날리는 아름다운 모습에서도 허무함과 무력함 비슷한 감정을 느꼈다. 한참 문학에 빠져 지냈던 젊은 시절의 예민하고 과장된 감성이었다. 하지만 지금 생각하면 그때 그 멜랑콜리는 내가 살고 있던 도시라는 공간과도 관련이 있었던 것 같다. 도시의 모순을 내면화했다고나 할까. 나에게 여의도의 벚꽃길은 젊은 연인들이 걷는 아름다운 꽃길만이 아니었다. 나에게 그곳은 봄노래를 틀어놓고 온몸으로 기어가는 걸인들도 있는 풍경이었다. 내가 특별히 노숙자나 반지하 같은 도시의 빈부격차 문제에 발 벗고 나서는 정의로운 사람도 아니었다. 그런데도 벽처럼 둘러싸인 도시의 일그러진 그림 속에서 아마 뭔가 근본적인 불편함을 느끼고 있었던 것 같다.

　지금의 나는 그런 감정을 별로 느끼지 않는다. 봄의 꽃을 보고 슬픔을 느끼지 않는다. 그저 변함없는 자연의 질서 같은 것에 편안하고 든든하며 단순하게 기뻐한다. 적어도 뭔가 덧붙여지는 감정이 별로 없다. 물론 세월호나 후쿠시마 오염수 같은 문제를 생각하면 우울함이 밀려오기도 하지만, 그래도 그 감정의 무거움이 도시에서 살 때와는 다른 것 같다. 시골살이에 무언가 내 안에서 채워진 것일까. 떠도는 사람이 아니라 자기 집에 뿌리내린 사람이 된 것일까. 나이 들어 무뎌진 것도 있고 문학과 예술의 세계에서 생활의 세계로 내려온 탓도 있을 것이다. 하지만 어찌 되었든 나는 이 지방 소도시에서 예전 도시에서와는 다른 결의 정서 속에서 살고 있다.

생활 속 자연

상주의 자연은 한마디로 덤덤하고 편안하다. 어딜 가나 평평한 평야에 가파르고 날카로운 기운을 주는 산수山水도 별로 없다. 처음엔 좀 실망하기도 했다. 영감을 주는 멋있고 그림 같은 풍경을 찾기 어렵기 때문이었다. 관광지라고 만들어놓은 시설들은 차라리 없느니만 못한 것 같고. 하지만 최근에서야 조금씩 이곳의 자연이 들어온다. 대대로 농업을 기반으로 하는 곳인 만큼 상주에는 무언가를 끊임없이 길러내는 땅의 느낌이 있다. 관광의 대상으로서의 자연이 아니라 그곳에 깃들여 사는 사람과 생활 속 자연이다.

시내를 조금만 벗어나도 어딜 가나 논과 밭이고 계절마다 변화하는 모습들이 있다. 봄이 되어 갈아놓은 땅의 부드러움, 여름의 뜨거움 속에 익어가는 곡식들, 가을이면 펼쳐지는 황금빛 들판과 푸근한 감의 빛깔들, 쉼과 기다림을 알려주는 겨울 풍경들. 같은 자연이라도 지역마다 다양한데, 상주의 자연은 무심하면서도 성실하게 생명을 만들어온 아주 오래된 흐름을 느끼게 한다.

상주의 자연이 주는 큰 선물의 하나는 음식이다. 시골은 바로 지역에서 길러내는 것들을 먹을 수 있어서 과일도 나물도 얼마나 맛있는지 모른다. 그냥 신선하고 맛이 좋다, 그런 차원만이 아니다. 그보다는 늘 함께하는 산과 들의 음식들을 받아먹고 사는 느낌이랄까? 마트나 식당에서 다양하게 잘 차려진 음식을 사 먹는 것과는 다른 만족감이다.

텃밭과 과수원 등 땅을 일구고 사는 이웃들이 많고 우리도 밭 한구석을 빌려 조금씩 농사를 짓다 보니 사람들과 음식을 나누어 먹는 재미가 크다. 올해 누구네 포도가 참 맛있더라, 우리 감자 캤는데 맛 좀 봐라. 늘 음식이 오가는 관계, 음식으로 생겨나고 음식으로 깊어지는 관계. 그런 관계는 마음을 따뜻하게 한다. 또 개인적으로 주고받지 않아도 생산자와 소비자가 먹거리로 직접 연결되는 지역 마트와 장터가 있다. 그러다 보니 내가 먹고 있는 음식들의 상당 부분은 아는 이웃들과 아는 농부들이 길러낸 것들이다. 음식으로 묶인 일종의 공동체인 것이다. 그리고 그 먹거리 공동체를 통해 나는 이곳의 산과 들에 연결되어 있다.

도시에서도 나름 신경 쓰며 건강하고 좋은 음식을 먹으려고 노력했지만 이렇게 먹거리를 통해 사람과 자연과 연결되는 느낌은 아니었다. 음식이라는 것이 단순히 영양성분들의 물질적인 조합이 아니라 사람과 자연의 관계를 담은 물질 이상의 것이라는 진리를 이곳에서 배운다. 또 '자연'이라는 것이 여행 가서 사진 찍는 풍경이나

2장 삶이란 직선 아닌 곡선

감정을 투사하는 예술적 대상만이 아니라 내가 오늘 먹는 음식이고, 내가 오늘 주고받은 사람들과의 연결이며, 이런 모든 생명체들이 살아가는 곳이라는 것. 이런 자연의 또 다른 얼굴을 나는 이곳 생활을 통해 알게 된다.

그렇게 상주는 나에게 집과 밥이라는 삶의 중요한 두 부분을 자리 잡게 해준 곳이다. 그리고 이 근본적인 부분의 의미를 점점 깨닫게 해주는 곳이다. 단순히 집값이 싸고 먹거리가 더 신선하다는 차원이 아니다. 그보다 지역의 삶은 대도시의 삶에서 집과 밥 같은 것들이 얼마나 왜곡되어 있는지를 알게 하는 하나의 좌표이다. 시골에서의 삶은 거품 없는 집과 자연에 소외되지 않은 밥이 무엇이며, 어떻게 삶의 다른 부분을 열게 하는지에 대한 탐색인 것이다.

도시에서 집과 밥이란 사회적인 욕망을 추구하기 위한 기본적인 조건이자 삶의 많은 부분을 희생하면서 성취해야 할 대상으로 여겨진다. 나 또한 그랬다. 충족되지 않는 어려움만 생각했지 다른 것을 상상하지 못했다. 하지만 생활의 좌표를 이동하면서 내가 어떤 구조 안에서 살았는지를 조금씩 보게 된다. 그리고 바깥에서 안을 들여다보는 과정을 통해 내 오래된 질문들에 대한 답 또한 조금씩 찾아가고 있는 것 같다. 대학의 연구자 자리는 잃어버렸지만, 또 다른 흥미로운 연구 주제를 얻었다. 자연과 문명, 몸과 지식 등 내가 겪는 여러 질문들은 나 하나만의 개인적 주제가 아니라 우리 사회와 현대 문명을 짚어볼 수 있는 중요한 지점이기에.

어떤 막연한 직감으로 도시 바깥의 삶을 꿈꾸었고 여러 가지 시행착오도 겪었지만, 나의 선택이 나쁘지 않았다는 생각이 든다. 잘못된 선택이 아닐까 불안해하고 스스로를 합리화하느라 애쓰던 시간도 있었다. 어울리지 않는 곳에서 이방인으로 사는 것이 영 불편할 때도 있었다. 하지만 그런 낯선 것들에 적응하며 이곳에서 조금씩 나만의 구석을 만들어간다. 이것이 내가 이 지방 소도시에서 만들어가는 정착일 것이다. 부동산이 아닌 집에 살고, 이웃과 자연이 담긴 집밥을 얻은 생활의 정착이자 시골살이라는 새로운 경험으로 얻어가는 나름의 대답들. 떠다니던 질문들을 하나씩 땅에 심고 대답들로 길러내는 정착 말이다.

　　계속 이렇게 살아보련다. 나를 믿고, 내 주위의 사람들을 믿고, 자연과 계절을 믿고 흘러가는 것. 이렇게 흘러가도 아무 문제없이 잘 살 수 있다는 것, 아니 생긴 대로 흘러가면 더 많은 것들을 만날 수 있다는 것. 이 또한 이곳에서의 삶이 나에게 준 가르침이지 않을까 싶다. 그 가르침을 따라 앞으로도 쭉 그렇게 가려 한다.

더도 덜도 말고
오늘처럼

박현정

대학 시절 노래패 활동을 하면서 뜨겁게 살았고, 졸업 후 학원 강사로 치열하게 살았다. 지금은 세 아이의 엄마로 아이들과 함께 하루하루 꿈꾸며 살고 있다.

✦

　우리는 구미에 사는 평범한 4인 가족이었다. 전업 주부로 딸 하나 아들 하나, 교사로 일하는 남편, 같은 아파트 다른 동에 사시는 시어른과 큰 불편 없이 서로 도움을 주고받으며, 남들 보기에 별로 아쉬울 것 없이 사는 가족이었다. 그런데 큰아이가 일곱 살, 취학 연령이 되자 우리는 고민에 빠졌다.

　나는 결혼 전 팔 년 동안 대구 수성구, 치열한 입시 경쟁의 한복판에서 학원 강사로 일했다. 결혼하고 학원을 그만두면서 '우리 아이들은 절대로 입시 학원에 보내지 않겠다'고 다짐했다. 학원에 오래 길들여진 아이들은 시험 성적은 좋지만 스스로 공부하는 법을 전혀 모르고, 공부 외에 자신이 좋아하는 것이 무엇인지 아는 친구들이 적었다. 그저 성적에 맞추어 좋은 대학에 진학하는 것이 목표인 아이들이 안쓰러웠지만, 학원 강사인 내가 할 수 있는 것 역시 성적을 올려주는 것밖에 없었다. 남편의 상황도 크게 다르지 않았다. 고교 비평준화 도시인 구미에서 상위권 학생들이 진학하는 구미고, 경북외고에서 교사로 일하면서 입시 위주의 수업에 피로감을 느끼던 남편도 나와 같은 고민을 하고 있었고 우리는 오래 이야기를 나누었다.

우리는 아이들을 어떻게 키우고 싶은가? 학창 시절의 목적이 그저 좋은 대학이어야 하는 건 아니지 않을까? 언제 올지도 모를 미래의 행복과 성공을 위해 지금 이 순간을 희생하는 것이 옳은 것일까? 이런저런 고민을 했지만 안정된 현재를 포기하고 새로운 생활을 시도해볼 용기가 없어서 망설이고만 있던 중, 믿을 수 없는 일이 일어났다.

2014년 4월 16일 세월호 침몰. 수학여행을 가던 고등학생들을 포함해 300여 명이 희생된 고통스러운 사건. 매일 쏟아지는 뉴스를 접하며 정신이 번쩍 들었다. 아이들을 지켜내지 못한 국가와 어른들에 분노하며 우리에게도 언제 어떤 일이 일어날지 모른다는 불안감이 점점 커졌다. 타인의 고통을 보며 우리의 미래를 떠올렸다는 것에 죄책감도 들지만, 고민만 하지 말고 우리가 생각하는 행복을 찾아서 움직여 보자고 결심했다. 미래를 담보로 현재를 견디지 말고 소소하지만 충만한 순간들을 살겠다고 다짐했다.

여러 사람들에게 상주남부초등학교 이야기를 듣고 바로 상담을 했다. 정말 우리가 꿈꾸던 교육이 이루어지는 학교라 놀라고 흥분되었다. 시험 성적으로 아이들을 줄 세우지 않고 40분 수업, 10분 휴식의 경직된 수업이 아니라 다양한 시도를 할 수 있는 블록 수업이 진행되는 학교. 학년별 텃밭 가꾸기, 등산, 생태 수업으로 자연과 더불어 성장할 수 있도록 돕는 학교. 획일적인 놀이터가 아니라 아이들이 나무로 직접 만든 놀이터가 있고, 선후배 간의 규율 대신 전 학년이 섞여서 함께 놀고 배우는 학교. 잘 노는 아이가 창의성을 발휘할 수 있다고 수업 후에 함께 놀기를 권장하는 온종일 학교. 남의 아이, 내 아이 가르지 않고 모든 아이들의 부모가 되어 어른도 함께 성장할 수 있는 공동체. 여기야말로 우리가 꿈꾸던 학교라는 걸 바로 알았다. 그렇다면 가야지. 우리는 아무런 연고도 없고, 와본 적도 없는 상주로 큰아이 초등학교 입학에 맞추어 이사했다.

우리의 이런 결정에 많은 사람들이 걱정을 했다. 즐겁게 초등학교를 다니는 건 좋은데 그다음은 어떻게 할 거냐, 중고등학교에 적응할 수 있겠냐, 어차피 경쟁 사회인데 그런 교육을 받은 아이들이 더 큰 세상에 나가서 경쟁할 수 있겠냐, 참 이상적이고 좋은데 그 끝이 어떨지 모르겠다 등등, 정말 다양한 우려의 말들을 들었다. 시부모님의 반대도 있었지만 우리는 포기하지 않았다. 물론 흔들리지 않았던 건 아니다. 우리도 고민한 문제들이고 우리도 정답을 알지 못했다. 하지만 뜻을 같이하는 사람들이 많은 곳으로 가면 우리의 고민에 대한 실마리도 찾을 수 있을 거라는 기대가 있었다. 일단 부닥쳐 봐야 어디가 아픈지, 어떤 힘이 부족한지 알 수 있을 테니 먼 미래의 걱정은 내려놓고 당장 마음이 가는 곳으로 가자고 용기를 냈다. 그렇게 우리는 상주로 왔다.

아이는 1학년 엄마도 1학년

대구에서 태어나 구미로 시집와 도시에서만 살아온 나에게 상주는 신기하고 새로운 곳이었다. 교통 체증이 없는 동네라니…. 차를 타고 30분이면 시내를 다 돌 수 있는 작은 도시. 감나무 가로수에 눈만 돌리면 논과 밭이 아름답게 펼쳐진 곳. 상주는 작은 곳이지만 하루하루 다르고 새롭게 보였다. 물론 도시에 있는 편의 시설들이 없어서 가끔 불편하기도 하지만 시간이 지날수록 이곳이 더욱 좋아졌다. 그리고 도시에 살 때도 늘 사람이 적은 곳을 선호했다는 걸 깨닫고 나니 이제야 진짜 내가 있을 곳으로 잘 찾아온 것 같은 편안함이 있었다.

상주남부초등학교 입학식! 입학생 열여섯 명. 6학년 언니 오빠들이 아이들을 하나씩 업고 등장했다. 입학생들이 한 명씩 마이크를 잡고 수줍고 어설프게 자기소개를 하면 큰 박수가 터져 나왔다. 처음 경험해보는 입학식을 시작으로 큰아이의 학교 생활이 시작되었다. 구미에서 유치원을 다닐 때 머리를 길게 늘어뜨리고 치마에 분홍 구두를 좋아했던 큰아이는 그 패션을 딱 일주일 유지하더니 큰 소리로 외쳤다.

"엄마! 나 이제 치마 안 입어. 바지 입을래. 운동화 신을래. 머리도 하나로 묶어줘!"

하교 시간에 아이를 데리러 가서 운동장을 둘러보고 큰아이의 요구를 온전히 이해할 수 있었다. 보이는 모든 것이 놀이가 되는 곳. 모래를 파고, 나무 놀이기구에 오르고, 구름사다리에 매달리고, 친구들과 달리기를 하면서 온몸으로 놀아야 하는데 치마와 구두가 당연히 불편할 수밖에. 매일 1등으로 학교 가고 싶어서 새벽같이 일어나 재촉하고 수업을 마친 후에도 더 놀고 싶다고 투정을 부렸다.

그렇게 큰아이는 학교를 정말 정말 좋아하는 아이가 되어 날마다 신이 났다. 아침 일찍 아이를 학교에 데려다주고 돌아오면 누군가 사진을 보내주기도 했다. 구름사다리에 대롱대롱 매달려 있는 큰아이. 구름사다리를 한번에 건널 때까지 손에 물집이 잡히고 굳은살이 박히도록 연습하던 모습이 잊히지 않는다. 누가 시킨 것도 아니고 그저 재밌어서 잘하고 싶은 티 없는 마음. 그래야만 더 즐겁게 끝까지 해낼 수 있다는 걸 이렇게 배우는구나! 앞으로 이곳에서 얼마나 더 많은 것을 배워갈지 기대가 되는 상주살이의 행복이었다.

아이가 1학년이면 엄마도 1학년. 나 역시 상주 생활도 학교 생활도 어설프고 배울 것이 많은 1학년으로 시작하는 기분이었다.

"나도 선생님처럼 마음이 따뜻한 사람이 되고 싶다."

"그래, 너무 좋지. 근데 어떻게 하면 마음이 따뜻한 사람이 될 수 있을까?"

"따뜻한 국물을 많이 먹으면 돼."

아이들의 순수한 마음을 오래 지켜주고 싶었다. 영악하지 않고 조금은 어눌해도 천천히 자신과 친구를 알아가고 다 함께 살아가는 방법을 배우기를 바랐다. 친구들과 찾은 재미난 놀이에 온전한 기쁨을 느끼고, 우리 곁에 늘 함께하는 자연에 눈을 돌릴 줄 알고, 매일 만나는 사소한 것들에 감동하는 아이. 이곳에서 이 사람들과 함께라면 그렇게 클 수 있겠다 싶어 하루하루 충만한 날들이었다.

　　내 나이 마흔. 상주로 이사온 지 석 달만에 계획에 없던 셋째를 임신했다. 처음에는 정말 걱정만 한가득이었다. 이 늦은 나이에 건강한 아이를 만날 수 있을까? 큰아이와 여덟 살, 둘째와 다섯 살 차이. 터울이 너무 나서 아이들끼리 잘 지낼 수 있을까? 아직도 엄마로서 부족하고 모르는 것도 많은 내가 한 명의 아이를 더 맡아도 되는 걸까? 그런 쓸데없는 걱정들 속에서도 배 속 셋째는 무럭무럭 잘 자랐다. 그리고 나이 든 엄마, 불안한 엄마, 건강도 시원찮은 엄마를 다독이기라도 하듯이 큰아이 신생아 때와 똑같은 모습으로 건강하게 세상에 와주었다.

　　우리 부부는 늘 '아이들이 우리의 스승이다'라는 말을 했다. 우리의 부족한 모습을 아이들을 통해서 보았고, 엄마도 아빠도 처음인 우리가 이렇게 예쁘고 건강하게 아이들을 키울 수 있었던 건 우리의 힘이 아닌 아이들의 힘이라는 생각도 했다. 나의 기준과 시선으로 아이들을 묶지 않고 온전한 한 생명체로 인정하며 존중하는 것! 우리 스승들이 알려준 가르침이었다. 우리는 이미 두 명

의 스승을 모시고 있으나 스승은 많으면 많을수록 좋은
거 아닌가! 이제 한 명의 스승을 더 모시게 되었으니 더
많은 걸 배우겠지. 그런 기대와 함께 우리는 5인 가족이
되었다.

책은 그렇게 우리를 연결하고

어릴 때부터 책 읽는 걸 좋아했고, 두드러지게 잘
하는 것도 별로 없어 내 자랑거리는 책뿐이었다. 육아를
하는 와중에도 잠깐의 틈이 생기면 부지런히 책을 읽었
다. 어릴 때부터 엄마의 책 읽는 모습을 보고 자란 덕분
인지 우리 아이들은 또래 아이들보다는 책을 좋아하고
가까이한다. 욕심으로는 좀 더 많이, 깊이 있게 읽었으면
하지만 엄마의 하찮은 희망인 걸 안다. 책 읽기를 싫어하
지 않는 것, 학교 도서관에서 스스로 읽고 싶은 책을 빌려
오는 것, 책을 읽은 자기만의 느낌을 엄마에게 얘기해줄
수 있는 것으로도 충분하다.

상주남부초의 역사 깊은 부모 독서 동아리 '책마

중'. 큰아이 1학년 때 가입해서 지금까지 십 년을 활동하고 있다. 처음에는 단순히 독서 동아리라는 것에 끌려서 가입했는데 내 기대와는 조금 다른 것 같아 계속해야 하나 고민도 했다. 책보다는 육아와 학교 이야기를 더 많이 하는 것 같았고, 1학년인 나는 아는 것이 없으니 듣고 있을 수밖에 없어 지루하기도 했다. 하지만 선배 엄마들의 이야기에 책보다 더 큰 위로를 받는 순간들이 생기기 시작했다. 육아에 지친 마음이 헛발질할 때, 아이와 부딪히는 일이 생겨 마음이 번잡할 때, 시댁과 남편, 친정의 일들이 버겁다고 느껴질 때 책마중 언니들과 한바탕 떠들고 나면 다시 힘이 생기고 꼬인 마음이 풀리기도 했다.

서로 좋았던 책도 소개하고, 혼자서는 읽기 어려운 고전을 윤독하고 성취감도 느끼면서 우리는 함께 성장할 수 있었다. 내 삶의 고민과 어려움을 편견 없이 들어주고 자신의 경험치를 조심스럽게 내어주며 다독여 주던 언니들 덕분에 한결 편안하게 그 시절을 보낼 수 있었다. 이제 내가 제일 큰언니가 되었다. 나도 그들처럼 위로가 되는 언니가 되고 싶다. 책으로 마음을 나누면서 일상의 버거움도 함께 나눌 수 있는 사람이 되어야지, 다짐한다.

책을 읽는다는 것은 또 다른 나와 마주하는 일이다. 젊은 시절의 독서는 내가 숨기고 싶던 마음의 은밀한 목소리를 듣게 하고 미처 깨닫지 못했던 욕망을 실감하게 하는 일이었다. 나는 책을 통해 만족스럽지 못한 현재를 긍정하는 법을 배우고 앞으로 나아가기 위해 웅크릴 줄 아는 지혜를 얻었다. 어릴 적 나의 독서는 아직 여물지 않은 '나'를 키워가는 것이었다.

나이가 들면서 사라지는 것이 많아졌다. 철없던 젊은 시절의 용기와 희망도, 찬란한 열병 같은 사랑도, 꼭 지키고픈 신념도 조금씩 희미해지는 중년이 되었다.

나이 든 부모를 모시는 것이 마음처럼 잘 되지 않고, 자신만의 것을 찾아 조금씩 품 안을 떠나는 아이들이 섭섭하기도 하고. 많은 것들이 사라진 중년의 나는 정체 모를 불안과 죄책감, 나이 듦의 쓸쓸함으로 하루하루를 살아가는 것 같다. 그저 매일을 살아내는 것만이 할 수 있는 최선이라는 자괴감이 드는 순간들. 그럴 때마다 책 속에서 위안을 얻고 희망을 본다. 책에는 중년의 공허함과 상실을 위로하고 사라진 것들을 기억하게 해주는 아름다움이 있다.

나는 오늘도 여러 책을 만나고 나 자신을 알아가며 반복되는 일상의 활력을 찾고 있다. 독서는 내 삶의 큰 위로이며 변하지 않는 원동력이다.

지금, 여기, 우리

2020년 코로나가 전 세계를 휩쓸었다. 통제되지 않는 팬데믹 상황에서 사람들은 우왕좌왕하며 일상을 잃었고 많은 것이 변했다. 학교에 등교하지 못하고 직장에 나가지 못하는 유례없는 상황. 우리 집도 다를 건 없었다.

상주로 이사를 계획할 때부터 '시골의 마당 있는 집'을 꿈꾸며 여기저기 집 지을 땅을 보러 다녔다. 마땅한 곳을 찾지 못해 아쉬워하며 아파트 생활을 하다 가까운 지인의 도움으로 살기 좋은 곳에 집을 지을 수 있었다. 마침 코로나 19가 극심해지기 시작하던 2020년 2월에 이사할 수 있었고, 마당 있는 집에서 그나마 마음 편하게 코로나와 더불어 지낼 수 있었다. 학교에 가지 못하는 아이들이 마스크 없이 집 앞에서 마음 편히 뛰어놀 수 있었고 좋은 이웃들을 만나 작은 행복을 나누며 보냈다. 동네 아이들과 밤늦게 동네에서 숨바꼭질하고 맛있는 음식들을 나눠 먹고 마당에서 눈사람을 만들고 운동도 하며 아파트에 사는 것보다는 자유롭게 코로나 시기를 지날 수 있었다.

가족 다섯 명이 모두 하루 이틀 사이에 확진되어 애들은 열이 펄펄 나고, 우리 부부 모두 아파서 나가지도 못하고 힘들게 버티던 일주일 동안 이웃들은 수시로 우리의 안부를 묻고 필요한 것이 없는지 살펴주었다. 해열제가 다 떨어져 아이의 열이 내리지 않는다고 걱정하면 늦은 밤 문을 연 약국을 찾아 해열제를 사다주고, 하루 종일 집에만 있는 아이들 먹거리를 걱정하고 있으면 빵과 과일 등을 사다 문 앞에 놓아주었다. 이런 사려 깊은 이웃들 덕에 우리는 무사히 회복할 수 있었다.

도시의 아파트에 살았더라면 이렇게 따뜻한 경험

을 할 수 있었을까 생각해본다. 물론 도시에 사는 사람들도 나름의 연대로 서로 돕고 나눌 수 있겠지만 내가 느끼는 상주살이의 정은 남달랐다.

사정이 생기면 편하게 아이 친구 집에 아이를 맡기고, 나도 아이 친구에게 비슷한 일이 있을 때 기꺼운 마음으로 우리 집으로 데리고 온다. 집에 맛있는 것이 많이 생기면 자연스럽게 이웃을 떠올리고 함께 나눠 먹을 수 있는 마음. '너 쑥떡 좋아하잖아!' 하며 지나는 길에 떡을 전해주고 가는 언니들, 아이가 아파 학교에 가지 못한 날이면 감기에 좋다고 이것저것 챙겨다 주는 사람들 덕분에 우리의 시골살이는 한결 풍요롭고 넉넉하다. 시골이라고 다들 이렇게 나누며 사는 것도 아니겠지만 남부초와 내서중이라는 같은 교육 목표를 가진 사람들끼리의 마음 나눔은 더 따뜻하게 느껴진다. 아이들의 미래를 함께 고민하고, 우리가 가고 있는 길이 의심스러울 때 언제나 앞에서 길을 밝혀주는 사람들은 우리의 가장 큰 수확이며 기쁨이다.

우리는 옆집과 마당을 함께 쓴다. 대문도 없고 울

타리도 없는 우리와 이웃의 마당에는 온갖 나무와 꽃들이 가득하다. 식물을 키우고 가꾸기에 소질이 없는 나는 그저 '피는구나, 지는구나' 하며 지켜볼 뿐이지만 마당의 식물들은 알아서 잘 자라고, 꽃을 보여주고 열매를 내어준다. 세상의 흐름에 안달하지 않고 제철에 맞춰 스스로 드러냈다가 계절이 바뀌면 다른 식물들에게 자연스럽게 자리를 내주는 모습을 보고 있으면 우리 인간의 욕심이 참 나약하게 느껴지기도 한다. 우리 아이들도 이런 환경에서 자라며 그런 자연스러움을 배우면 좋겠다.

얼마 전 큰아이가 학교에서 가족들에게 편지를 썼는데 그 내용을 짧게 소개한다.

'요즘 고등학교 생활을 하면서 엄마에게 고마움을 많이 느끼고 있어. 엄마가 해주는 것들을 처음엔 당연하게 생각했는데 지나고 보니 다 너무 감사한 일이야. 항상 감사하게 여길게. 이제 엄마도 재밌게 살았으면 좋겠어. 엄마가 나한테 이렇게 값지고 즐거운 인생을 선물해준 것처럼 나도 엄마에게 그런 행복을 되돌려 줄 수 있는 딸이 될게.'

아이의 편지를 읽으면서 우리가 넘어야 했던 산들을 떠올렸고, 앞으로 만나게 될 산을 생각했다. 그리고 어떤 마음으로 그 산을 대해야 할지를 생각했다.

아이들이 커갈수록 예상하지 못했던 난관이 생길 수도 있다. 아이들에게 말하지 못하고 후회하는 일도 생기겠지만 아이의 선택을 존중하고, 혹시 아이가 넘어지면 그 옆에 함께 누워 땅 냄새를 맡고 넓은 하늘을 보며 괜찮다고 다독여 줄 수 있는 엄마가 되고 싶다. 무작정 '좋은 엄마'가 되려다 지치지 말고 그냥 '엄마', 있는 그대로의 모습으로 아이와 오늘에 충실하고 싶다. 아이들이 훗날 상주에서의 어린 시절을 생각했을 때, 충만한 행복을 느끼고 그 기쁨을 발판 삼아 다시 또 한 걸음 나아갈 수 있었으면 좋겠다.

오늘도 우리 가족은 이곳의 푸른 산과 들을 바라보며 지금을 느끼고 행복을 배운다. 느리고 천천히 가도 좋은 여기. 우리는 상주를 좋아한다.

3
장

우리가
함께 걸을 때

"기차가 서지 않는 백원역. 평소 고즈넉함을 넘어 적막하기까지 한 공간인데 한 달에 한 번 백원장이 열리는 날엔 북적북적 정겨운 곳이 된다. 백원장이 백원역 안쪽까지 확장하게 됐을 때, 마음을 내어 모인 이들이 서로 도우며 함께 페인트칠하고 낡은 공간을 새롭게 정리했다. 그때 직접 무언가를 고치고 만들 수 있겠다는 마음으로 함께했던 나는 이제 백원장에 오는 이들을 맞이하는 자리에 서 있다. 누구든 자급자족으로 스스로 만드는 소박한 축제. 나에게 백원장은 여전히 가장 다정한 '축제'다."

남수영

———————————

백원장 운영위원

음식 할매 연대

정숙정

상주 토박이로 대가족 안에서 자랐다. 대학에서 여성학, 사회학 관련 강의와 연구를 하고 있고 쓴 책으로는 《전환의 시대, 지역과 여성에서 길을 찾다》(공저), 《기후위기 시대를 건너는 여성 농민》 등이 있다.

"어릴 때는 나비 같다고 했어." 얼마 전 경북대 병원에 입원해 수술할 날을 기다리던 엄마가 던진 말이다.

　"나보고 나비 같다고 했다고." 엄마의 말에 나는 무슨 말이냐고 되물었다. "내가 작고 몸도 가벼우니까, 사람들이 나보고 그랬지."

　엄마가 희미하게 웃는다. 엄마의 머릿속에서 어린 시절을 회상하는 필름이 돌아가고 있나 보다. 문득 엄마가 나비보다 더 가벼워 보인다. 병세가 심상치 않아 더럭 겁이 난다. 나비처럼 훌쩍 저세상으로 날아가 버릴 것만 같은 생각에 머리를 세차게 흔들었다. '아직은 너무 이르지. 그런데 엄마가 올해 몇이더라?' 병원 침상에 붙은 환자 카드를 본다. '73세.' 뒤늦은 출생신고 때문에 엉터리로 줄어든 나이가 적혀 있다. 그 위에 엄마 이름자 '희녀'가 눈에 들어온다. 기쁠 '희'에 여자 '여'자를 붙여 지은 이름이다. 딸을 얻어서 기뻤던 것인지, 기쁘게 살자는 다짐이었는지 모르겠지만 엄마는 가끔 '낳았다고 부모는 아니다'라고 일축하며 외조부모에 대한 말을 아꼈다.

장녀로 태어난 엄마는 동생들 굶기는 게 싫어서 학교를 그만두고 양조장에서 인부들 밥해주는 일을 시작했다. 긴 방망이로 밀가루 반죽을 밀어서 칼국수를 끓여주면 모두 맛있다고 감탄하면서 먹었다 한다. 그때 엄마 나이가 십 대 중반이었으니 지금으로 치면 겨우 중학생 나이였다. "요새 같으면 아동학대로 처벌받았겠지." 엄마가 무심결에 툭 내뱉는다.

어느 날 양조장에 소녀의 아버지가 찾아왔고 곧 동생이 태어날 거라 전했다. 그리고 소녀가 양조장에서 일해 모은 돈을 가져갔다. 몇 달 후 동생이 태어났다는 소식에 소녀는 가불까지 해서 집으로 찾아갔다. 집에는 몸을 푼 엄마가 누워있고 쌀독은 비어있었다. 쌀과 밀가루, 국수를 잔뜩 사서 찬장을 채우고 장터에 가서 미역 한 오리를 사다 국을 끓였다. 그 후로도 동생이 몇이나 더 태어났다. 소녀의 어깨는 점점 무거워졌고 몸은 더 이상 자라지 못했다.

엄마는 키가 작다. 어릴 때 맘껏 못 먹고 굶주려서 그렇다고 엄마는 믿고 있다. 작은 키는 가난의 증거다. 엄마는 손바닥을 쫙 펼쳐 보였다. "이 손 좀 봐. 일을 많이 해서 손이 크지. 일복이 많은 손. 네 손이 나를 닮았어." 손은 고난의 증거다. 엄마의 몸에는 삶의 서사가 있다. 일을 많이 해서 뼈가 두꺼워지고, 무거운 짐을 들어서 어깨가 내려가고, 화를 참아서 가슴이 우묵해졌다. 그리고 이 모든 서사의 마지막 문장은 한결같다. "너는 열심히 살지 마. 그게 다 골병이다."

넘쳐야 사랑이다

나는 배고픔을 모른다. 배고플 기회가 없었다. 엄마는 캄캄한 새벽부터 끓이고 지지고 볶고 삶고 졸여서 푸짐한 아침상을 차려냈다. 학교 급식도 없던 시절 우리 오 남매의 점심 저녁 도시락을 싸고, 아빠 가게 일꾼들의 도시락도 쌌다. 특히 오빠에게 지나칠 정도로 밥을 많이 먹였다. 한번은 중학교 다니던 오빠가 엄마한테 하소연하는 소릴 들었다. 하도 꾹꾹 눌러 담아서 도시락 뚜껑을 열면 밥이 벽돌처럼 한 덩이가 되어 숟가락도 들어가지 않는다는 것이었다. 그 시절 오빠 별명은 '밥충이'였다. 나는 밥충이 동생으로 불렸는데 그 말이 정말 싫었다. 오빠는 아빠의 유전자를 물려받았는지 키가 많이 자랐다. 엄마는 아직도 언니 오빠의 키는 자신의 밥 덕분이라고 믿는데, 많이 먹고도 키가 작은 나에 대해서는 아무 말씀이 없다.

　　엄마는 요즘도 고봉으로 밥을 담는다. 가끔은 과한 음식이 부담스러울 때도 있다. 엄마가 싸주는 반찬을 넙죽넙죽 다 받았다간 금세 냉장고가 터질 지경이 된다. 어느 날 나는 마음을 굳게 먹고 엄마 반찬을 안 가져가겠다고 선언했다. 그러자 엄마는 서운한 기색이 역력했다. 얼마 지나지 않아 된장, 고추장이 떨어졌다. 몇 번 사 먹기도 했지만, 비싸고 맛도 없어 결국 눈치를 보며 엄마네 장독 뚜껑을 열었다. 엄마는 "오냐, 너 안 주면 누굴 주겠냐" 하시며 고추장, 된장을 한 단지씩 안겨주었다. 나는 넙죽 항아리를 받아서 엄마를 기쁘게 해드렸다.

엄마 몸에는 계절 시계가 있나 보다. 때가 되면 꼭 뭐를 해서 먹여야 계절이 지나간다. 동지에 붉은 팥죽을 먹어야 하고, 대보름에는 갖은 묵나물과 오곡으로 보름밥을 해 먹어야 정월이 갔다. 봄은 쑥버무리와 쑥떡을 해 먹으며 초여름을 마중하는 시기이다. 그런데 해마다 반복되던 리듬에 균열이 생겼다. 문제는 쑥떡에서 시작되었다.

　　올봄에도 엄마는 연례행사처럼 쑥을 뜯으러 나섰다. 5월 초 어느 날, 쑥떡을 만들었으니 가져가라고 해서 퇴근 후 엄마 집으로 향했다. 식탁 위에는 진한 녹색 쑥떡이 산더미같이 쌓여 있었다. "이모들하고 산에 가서 쑥을 이만큼 뜯어다가 밤새 다듬었다. 쑥은 뜯는 것보다 다듬는 게 일이라 니들 먹이려고 잠도 안 자고 했다. 먼저 먹는 거는 콩가루를 묻혀 먹고 나머지는 냉동실에 얼렸다가 녹여서 구워 먹고 데워 먹고 해라. 요새 애들 파는 거, 해로운 거만 먹어서 덩치는 커도 약해 빠졌다. 이런 걸 먹어야 단단하게 큰다." 봄에 쑥떡 먹는 것보다 중요한 일은 없다는 생각이 들 정도였다.

연세를 생각하지 않고 무리하게 움직이신 것이 화근이었을까? 며칠 뒤 엄마는 심한 염증반응을 일으켰고 상주에 있는 종합병원에서는 손도 못 대고 대학병원으로 가기를 권했다. 주사 한 대 맞고 열만 내리면 될 줄 알았는데 대학병원에 입원까지 하게 된 것이다.

　　문병을 갔더니 엄마는 평소와 달리 축 늘어져 있었다. 이러다 정말 큰일 나겠다 싶은 생각에 심장이 덜컹 내려앉는 거 같았다. 엄마는 모기처럼 작은 목소리로 내게 가까이 오라 하더니, 아주 중요한 일이라는 듯 부탁 하나만 하자고 했다. 나는 얼른 엄마 곁에 다가서서 뭐든 말씀하시라고 했다. 무슨 중요한 일인가 싶어 잔뜩 긴장했다. 그랬더니, "텃밭 상추가 지금 시퍼렇게 좋을 것인데 그냥 두면 안 된다. 상추는 자꾸 잎을 따 먹어야 꽃대가 더디 올라온다. 상추 잎 따다가 주공아파트 할매 갖다 드려라"고 한다. "아이고, 엄마. 지금 뭣이 중한디? 엄마 몸이나 신경 쓰세요!" 나는 아픈 사람이 오지랖도 넓다며 구시렁댔다.

　　넘치게 공급되던 반찬은 자연스레 끊겼다. 나는

더 자주 장을 봤다. 마트에 갔더니 10킬로짜리 망에 담긴 마늘종이 이불 더미처럼 쌓여 있었다. 늘씬한 연둣빛 마늘종 다발을 보니 마음이 확 쏠렸다. 제철이라 그런지 가격도 저렴했다. 마늘종은 장아찌를 담그면 여름 반찬으로 좋고, 살짝 데쳐서 양념에 버무려 먹거나 생선조림에 넣어도 좋다. '살까?' 생각하다 나는 다시 물러선다. '아니다. 너무 많다. 먹는 일에 휘둘리지 말자.' 하지만 어느새 나는 마늘종을 번쩍 들어서 카트에 싣고 있었다. 카트를 붙잡고 있던 남편이 묘한 표정을 지으며 들릴 듯 말듯 중얼거린다. "장모님한테 뭐라 하더니 똑같네. 참말 똑같아."

집에 돌아와 마늘종을 다듬었다. 엄청난 양의 마늘종을 바닥에 부려놓고 다듬어서 먹기 좋게 새끼손가락 길이로 잘라 찬물에 씻었다. 제일 큰 양푼을 썼는데도 마늘종이 자꾸 흘러넘쳤다. 여러 봉지로 나눠 담아 일부는 냉장고 빈칸에 채워 넣었다. 볶기도 하고 삶기도 해서 반찬을 만들고 일부는 장아찌를 담갔다. 절반쯤 덜어서 언니 집에 보내야겠다 싶어 전화를 걸었더니, 언니가 껄껄 웃는다. 알고 보니 언니 집에서는 더욱 엄청난 일이 벌어지고 있었다. 언니는 마늘종과 간장 60만 원어치를 샀다며 내 몫을 따로 담아두었으니 가져가라고 했다. 자매가 마늘종 구매에 이성을 잃은 거 같다. 그 후로도 언니는 오이소박이, 열무김치, 총각김치 같은 반찬을 계속 보내왔다. 엄마도 안 계시니 뭐 먹고 사냐며.

어쩌면 인생은 장맛

마늘종 두 봉지를 들고 이웃집 대문을 두드렸다. 마늘종을 받아 든 아주머니는 잠시 기다리라고 하더니 냉동 쑥떡을 잔뜩 꺼내와 안긴다. 고물에 무친 떡 두 뭉치와 지층처럼 차곡차곡 쌓아 만든 절편 두 뭉치를 합해 모두 네 덩이다. "내가 쑥 캐서 만들었어요. 애들 많은데 이거라도 갖다 잡사." 아주머니 말씀이 계속 이어졌다. 꽁꽁 언 떡을 들고 있는 손이 조금씩 시려왔다. "요건 멥쌀로 했고, 요건 찰떡이고, 요건 고물 묻힌 거. 고물 있는 거는 속도 아리고 잘 쉬니까 애들은 주지 말고 어른이 먹어. 애들은 보드라운 거 먹이고." 냉동 떡을 든 손가락이 차갑다 못해 아프기 시작했다. 나는 빨리 떡을 내려놓고 싶은 마음에 "예, 예"하고 웃으며 맞장구만 쳤다. 아주머니는 할 말이 더 남은 듯했다. 안 그래도 수족냉증을 앓고 있던 내가 냉동 떡을 들고 있으려니 손가락 통증에 온 신경이 쏠렸다.

아주머니는 곧 텃밭에 잎채소가 푸성하게 자랄 텐데 찍어 먹게 고추장 좀 퍼주겠다고 했다. 평소에도 우리 집 텃밭에 각별한 관심을 보이시더니 상추 속이 차오르는 걸 보셨나 보다. 나는 집에 고추장, 된장, 쌈장 다 있다며 아주머니를 말렸다. 그러나 아주머니는 자기네 고추장이 맛이 좋다면서 자꾸만 권했다. "내가 닭공장에서 일하다가 산재가 났어요. 그런데 내 몸이 아파서 그런가, 장맛이 변했어. 장이라는 게 주인이 아프면 맛이 가거든. 근데 또 장을 딴 집에 보내면 괜찮아져요. 그래가 저 짝에 혼자 사는 할매한테 물어보니까, 할매가 갖고 간다 캐서 내가 장을 싹 다 보내드렸어. 할매집에 가더니만 고만 장맛이 돌아왔다 그카네. 그래가 나는 묵은

장은 다 드리쁠고, 손 없는 날 잡아서 새로 장을 담갔거든. 내가 인제 다 나아가 안 아픙께 그렁가. 이번에 장맛이 좋더라고."

아주머니는 고추장, 된장을 신성한 무엇으로 여기고 있었다. 장맛이 변하면 집안에 변고가 생긴다는 믿음에 대하여 나는 경험치에 근거해 수긍한다. 전에 없이 장맛이 변하면 몇 해 지나지 않아 집안의 맛을 관장하는 어른이 병이 나거나 돌아가셨다는 간증을 심심찮게 들었던 터였다. 장맛은 집안의 기운을 가늠하는 지표로 여겨졌다. 엄마들의 삶에서 장은 분신처럼 소중한 것이었다. 엄마는 손 없는 날을 받아 장을 담그고 수시로 뚜껑을 열어 살핀다. 나도 엄마처럼 장독대 안에 작은 국자나 조롱박 같은 걸 넣어서 조심스레 장을 떠낸 기억이 있다. 항아리 안에 가득 담긴 장은 그 자체로 그윽하고 신성한 느낌을 주었다. 독은 맛의 동굴처럼 웅숭깊었다. 장독대는 긴 시간 이어진 맛의 DNA를 물질화시키는 장소이며, 엄마는 신전을 지키듯 장독을 닦곤 했다.

손쉽게 사 먹을 수 있는 만능 요리장이 넘쳐나는

시대에, 고유한 장맛에 자긍심을 가진 선량한 이웃을 두었다는 것은 행운이다. 더없이 순박한 믿음을 갖고 사는 사람들을 만나면 알 수 없는 편안함이 느껴진다. 이 선량한 이웃은 며칠 전에도 검정 봉지를 들고 우리 집을 찾았다. 아주머니 손에 들린 봉지에는 토종닭 두 마리가 들어 있었다. 곧 날씨가 더워지는데 아이들 보양식을 해 먹이라고 당부하신다. 나는 봉지에 담긴 닭을 보며 선량한 이웃이 닭가공 공장에 다녔던 일을 기억해낸다. 아이들은 험한 음식을 먹으면 안 되니 껍질을 싹 벗기고 씻어서 고아 먹이라는 아주머니의 말에 긴 여운이 남는다.

엄마가 떠받쳐 온 세상

음식으로 가득하던 냉장고가 제법 헐거워졌다. 나는 더 자주 달걀과 우유를 사다 날랐고 아이들은 차가운 우유에 콘플레이크 따위를 말아 아침을 대신하기도 했다. 나도 몇 년 만에 처음으로 입맛이 없다는 느낌을 받았다. 그동안 밥이 너무 맛있어서 탈이었던 내게는 낯선 느낌이었다. 입원한 지 보름쯤 지날 무렵 엄마는 아예 밥을 굶듯 했다. 몇 술 뜨지도 않고 식판을 밀어내더니 병동 복도를 한 바퀴 돌자며 일어선다. 옆에 있던, 우리 막내딸이 얼른 다가가 할머니를 부축한다. 그런데 이게 웬일인가. 겨우 열한 살 먹은 막내딸과 엄마의 키가 같다. 나는 내 눈을 의심했다. '엄마가 이렇게 작다고? 초등학생만큼?' 심각한 인지 오류였다. 어느새 훌쩍 자라 십 대로 들어선 딸은 마냥 아이같이 보였던 반면 아이처럼 작은 체구를 가진 엄마는 산보다 큰 존재였다. 나는 엄마가 무너지지 않을 바위산인 줄 알고 있었는데…, 그동안 내 눈에 뭐가 씌었던 걸까? 이제 보니 엄마는 아주 작다. 그리고 부서질 듯 연약했다.

어려서는 너무 많은 일을 하는 엄마 모습을 지켜보는 마음이 복잡했다. 거미줄에 걸린 나비처럼 날개 한번 펼치지 못하면서도 묵묵하게 일만 하는 엄마가 답답해 미칠 거 같았다. 나까지 엄마를 힘들게 하고 있다는 생각에 수치심이 들었다. '니들 때문에 산다'는 엄마 말이 '니들만 없었다면'으로 들렸다. 내가 태어나지 않았다면 엄마가 조금은 더 편한 인생을 살 수 있지 않았을까? 사춘기를 앓던 어느 날 나는 우리 때문에 이러고 살지 말고 도망가서 자유롭고 멋지게 사시는 게 좋겠다는 말을 꺼냈다. 엄마는 혀를 차며 말했다. "너도 살아봐라. 그래야 내 심정 안다." 그런 엄마 말에 "나는 엄마처럼 살지 않을 거야"하고 대꾸했다.

엄마처럼 살지 않겠다는 다짐을 수없이 되뇌었다. 밥 짓느라 손이 마르지 않는 엄마, 그러면서도 아무에게나 밥 퍼주는 엄마, 그렇게 베풀어도 인사 한 번 제대로 받지 못하는 엄마 모습을 닮기 싫었다. 엄마는 배고픈 사람을 지나치지 못했다. 우리 집 밥상은 누구에게나 열려 있었다. 숟가락만 들면 모두가 식구였다. 한번은 허름한 행색의 어른 한 분이 안방에 쑥 들어와 앉았다. 엄마는 김이 나는 쌀밥 한 대접과 고갱이만 뚝 자른 김치 한 포기를 바가지에 담아 방에 넣어주었다. 낯선 어른이 커다란 밥숟가락에 벌건 양념이 떨어지는 김치를 척 걸쳐 마파람에 게 눈 감추듯 밥 한 대접을 먹어치웠다. 그리고 찬물로 우물거리며 입안을 헹궈 삼켰다. 그분은 아무 연고도 없는 그저 매우 허기진 사람이었다.

몸 약한 친인척이 방문하면, 보양하라며 키우던 개를 잡아주기까지 했다. 그땐 엄마가 너무 미웠다. 내 용돈을 모아 북부 개시장에서 사와 정성 들여 키우던 개였기 때문이다. 덩치는 어중간하고 누런 털이 짧고 머리통은 좁다랗게 생긴 개였다. 할매가 생김새를 보고 '토종쌀개'라고 했던 기억이 난다. 생긴 것도 그저 그렇고, 똑똑하지도 않았지만 나는 그놈이 좋았다. 그런데 외삼촌이 며칠 묵고 떠나는 날, 엄마는 나에게 묻지도 않고 개소주를 내려 챙겨 보냈다. 개의 목줄만 남은 걸 보고 나는 눈이 붓도록 울었다. 그런 사건은 한 번으로 끝나지 않았다.

먹는 일이야말로 가장 기본적인 생명 활동이다. 먹지 않고 살 수 있다면 그건 생명체가 아닐 것이다. 모두 밥 없이는 살 수 없다는 공통점을 지니지만, 사실 밥은 공평하지 않다. 누군가는 배불리 먹고 누군가는 굶주린다. 그뿐 아니다. 누군가는 밥을 차려서 갖다 바치고, 누군가는 가만히 앉아서 받아먹는다. 더 나아가 받아먹으면서 큰소리치는 사람이 있는가 하면, 반대로 밥해 갖다 바치면서도 무시까지 당하는 사람도 있다. 받아먹는 자는 그 위세가 점점 높아지고, 밥하는 사람은 점점 낮아져 바닥 신세가 된다.

제사의 그림이 딱 그러했다. 명절이면 마흔에서 쉰 명까지 모였다. 삼촌, 사촌, 오촌, 육촌, 촌수를 확인하기 어려운 사돈의 팔촌까지 모였다. 어른과 아이들의 신발이 현관 안팎에 뒤섞였다. 남자들은 아빠를 따랐다. 제사 상을 마주하고 몇 줄로 서 있다 아빠가 움직이면 잽싸게 따라서 엎드렸다. 아빠가 큼큼 소리를 내거나 잔기침을 하면 우르르 일어섰다. 제사가 끝나면 남자들은 안방과 거실에 앉아서 밥상을 받았다. 아주 어린 아이들까지 남자랍시고 방안에서 밥상을 받았지만, 엄마를 비롯한 며느리들의 자리는 없었다. 한 성씨를 가진 남자들을 위해 다양한 성씨의 여자들이 밥 먹을 시간도 없이 일해야 했다. 나이가 많건 적건 잘났건 못났건 여자들은 모두 주방에 앉아 대충 먹고 급히 설거지에 나섰다.

손님들은 내가 제일 만만한지 갖은 심부름을 다 시켰다. 그런 와중에 나는 같은 성씨를 가진 딸의 자격으로 남자들 대열에 서서 절하고, 남자들 밥상에 끼어 앉을 수도 있었다. 아무도 신경 쓰지 않았지만 내 딴에는 기를 쓰고 끼어들었다. 그러나 그게 무슨 의미가 있는가. 엄마를 비롯한 며느리들이 바닥에서 밥을 먹는 광경이 눈앞에 펼쳐지고 있는데 말이다. 내가 할 수 있는 최선은 설거지라도 부지런히 해서 그녀들의 노고를 조금이라도 줄이는 것뿐이었다. 손님들이 다 빠지고 제기까지 말끔히 닦아서 들여놓고 난 후에 지쳐 쓰러진 엄마 종아리를 주무르면, "널랑은 맏이한테 시집가지 말거래이." 언제나 똑같은 엄마의 레퍼토리가 출력되어 나왔다.

　　엄마는 기제사까지 챙겼다. 명절까지 합하면 일 년에 일곱 번 이상 제사상을 차렸는데, 단 한 번도 건성으로 하는 모습을 본 적이 없다. 사과와 배는 굵고 흠이 없어야 했고 포도는 알알이 가득 들어찬 것이어야 했다. 어른 팔뚝만 한 조기가 올라갔고, 소고기 산적과 삶은 돼지고기가 놓였으며, 명주실에 다리가 묶인 채 단정하게 삶긴 닭이 놓였다. 고사리, 참나물, 시금치, 도라지, 다래순, 가지, 홑잎 같은 나물도 수북하게 담겼다. 대개는 엄마가 손수 따서 찌고 말려서 장만한 건나물을 불리고 볶아 만든 것이다. 제삿밥에는 각종 나물을 얹고 그 위에 곱게 빻은 깨소금을 한 숟가락씩 얹어주었다. 튀긴 미역 가루를 올리면 제사 비빔밥이 완성되었다. 무와 다시마, 소고기를 넣고 오래 끓여낸 탕국은 깊고 시원했다. 동그랗게 말린 자숙문어와 돔배기, 들기름에 지져낸 손두부는 제사를 지낸 후 바로 썰어서 찬으로 냈다. 몇 가지 종류의 한과와 붉은색이 도는 과자까지 어느 것 하나 생략할 수 있는 건 없었다. 특히나 밤과 대추, 곶감이 빠지면 큰일 난다고 믿었다. 음식마다 의미가 있어서 어떤 건 동쪽에 어떤 건 서쪽에 놓아야 했다. 앞서고 뒤서는 순서와 먼저 오르고 나중에 오르는 순서까지 정해져 있었다. 푸짐한 상차림은 조상 때문만은 아니었던 듯싶다. 문어는 이 사람이 좋아하고 돔배기는 저 사람이 좋아한다는 식으로 엄마의 머릿속에는 손님과 연결되는 음식 지도가 그려져 있었다.

반백 년이 넘도록 제사상을 차려서 올렸다. 젖은 앞치마 한 번 벗어보지 못하고 할머니가 되도록 맏며느리 역할을 했다. 그러던 몇 해 전 추석 차례를 지낸 후 엄마가 숙부를 향해 운을 뗐다. 물걸레를 들고 방바닥을 닦던 나는 심상찮은 분위기에 숨을 죽였다. 엄마는 수천 번 연습한 사람처럼 또박또박 말했다. "나 이제 제사 못 지내요. 내 나이가 일흔이 훌쩍 넘어서 이 몸으로 더는 할 수가 없어요. 며느리한테 나처럼 살란 말은 해서도 안 되고 할 수도 없고요. 조상님들은 다 이해할 거야. 그러니 서운하게 생각하지 마요. 꼭 제사를 지내야겠거든 제기하고 병풍하고 챙겨줄 수는 있어요. 그래도 동서를 생각하면 내 손에서 끝내는 게 맞아요." 엄마의 음성이 가늘게 떨렸다. 축축한 앞치마 위로 가지런히 모아 쥔 엄마의 손도 바들바들 떨리고 있었다.

할머니들의 연대

두 번의 시술에 대대적인 수술까지 받았던 한 달간의 병원 생활을 마친 엄마가 드디어 퇴원하게 되었다. 엄마가 집에 들어서자 다 죽어가던 집이 기지개를 켜는 듯

했다. 엄마가 키우던 앵무새 한 쌍이 돌아온 주인 목소리에 신이 나서 꽥꽥거리고 날갯짓하며 요란하게 환대했다. 엄마는 새를 들여다보고는 곧바로 텃밭부터 살폈다. 활짝 핀 붉은 장미와 노란 백합이 5월 말의 아름다움을 뽐내고 있었다.

그런데 이상한 일이었다. 거의 한 달간 돌보지 않은 텃밭이 너무나 잘 정돈되어 있었다. 잡초 한 포기도 보이지 않았다. 키 큰 백합은 쓰러지지 않도록 서로를 의지한 채 노끈으로 묶여 있었다. 누가 묶었을까? 자세히 보니 부추밭도 잡풀 하나 없이 말끔하고, 상추는 캉캉치마처럼 풍성했다. 엄마가 집을 비우고 우리 형제들이 엄마한테 매달려 있는 동안 우렁각시가 텃밭을 돌본 것이다. 우렁각시는 바로 앞집 할매였다. 앞집 할매가 매일 찾아와 텃밭에 풀을 매고 고춧대를 세우고 퇴비까지 넣어가며 엄마의 텃밭을 가꿨다. 그리고 매일 울면서 안부 전화를 하셨다 한다.

"커피를 타드렸지." 연로한 앞집 할매가 어떻게 그런 마음을 내셨냐고 묻자, 마주 앉은 엄마가 찻잔을 감싸

쥐면서 하시는 말씀이다.

내가 초등학교 저학년일 때 엄마는 상주에서 제일 번화한 시장 골목에 점포를 얻어 장사를 시작했다. 엄마 가게에는 문턱이 없었다. 사람들 속에서 엄마는 활력이 넘쳤다. 웃을 때는 목젖이 보이도록 깔깔 웃었고, 화가 날 때는 얼굴이 붉어지도록 화를 냈다. 엄마 가게는 불난 호떡집처럼 손님이 들끓었다. 가게가 북적여서 앉을 자리가 없는 날이 많았다. 언제든 누구나 들어와 가게에서 믹스커피와 율무차를 타 마셨다. 물건을 사건 안 사건 상관없었다. 엄마가 타는 율무차는 뻑뻑한 율무죽에 가까웠다. 가난한 시골 사람들과 노점 상인들은 엄마가 타주는 율무차로 허기를 면하기도 했다. 큰 통에 가득하던 율무차 가루는 며칠 지나지 않아 곧 바닥이 드러났다. "커피 값, 율무차 값, 그 정도는 벌 수 있다는 자신감이 있었거든. 커피 한 잔씩 타드리면 가게에 사람이 많아서 좋고. 그 덕에 나는 공덕을 쌓았지." 엄마가 환하게 웃는다.

시장에서 은퇴한 엄마는 아침마다 앞집 할머니께 커피를 끓여다 드렸다고 한다. 멀리 있는 효자가 가까이 있는 이웃만 못하다며, 혼자 사는 노인끼리 서로 돌봐야한다는 생각이라 했다. 동네 어르신들이 서로 돌보는 일은 비단 엄마와 앞집 할매 사이에 국한된 이야기는 아니다. 이 동네 할머니들은 푸성귀나 반찬을 나누면서 서로를 돌보고 있다.

입원하신 동안 엄마 휴대폰은 불이 난 듯 울려댔다. 친인척, 마을 사람들, 지역 친구들, 성당 사람들의 전화였다. 집이 비어있는 것을 알면서도 괜히 한번씩 들러 창문만 들여다보고 가셨다는 전화도 제법 왔다. 요즘은 퇴원을 축하하고 회복을 도우려는 분들이 주는 반찬이 넘쳐서 나한테까지 온다. 누구네 전복죽과 누구네 물김치, 생선이나 쌈장 등을 얻어먹으면서 나는 생각한다. 이토록 서로를 아끼는 이웃들이 있으니 엄마의 노년이 외롭지는 않을 거 같다. 노년에 서로 의지하고 돌보는 할머니들의 공동체라니 좀 근사한 거 같다. 어쩌면 우리가 꿈꾸던 동네의 모습을 본 것도 같다. 그리고 나에게 물어본다. 엄마들만큼 살 수 있을까? 그렇게 서로를 챙겨 먹이는 일에 기뻐하고 주위를 세심하게 돌보면서 말이다.

함께하는 공부는
힘이 세다

김혜련

국어교사로 이십여 년을 살았고 삼십 대에 여성학을 만났다. 《밥하는 시간》, 《고귀한 일상》, 《남자의 결혼 여자의 이혼》, 《학교종이 땡땡땡》 등의 책을 썼고 에코페미니즘 연구센터 '달과 나무'의 연구위원으로 있다.

"밥은 쉽게 이야기하면 인仁과 사랑, 자비의 물질적 표현입니다. 땅을 인문화한 겁니다. 모든 문명의 근본이 밥입니다. 그러나 한 번도 우리는 이를 고귀한 그 무엇으로 여겨본 적이 없습니다. 이 세상에서 가장 낮은 곳이 부엌입니다. 신은 언제나 낮은 곳에 있습니다. 그러니 가장 낮은 곳, 부엌이 신전이 돼야 합니다. 내 결론은 부엌을 신전으로, 사회의 중심 공간으로 다시 불러내야만 세상에 평화가 온다는 겁니다. 그때서야 지배와 피지배 관계가 수평적이고 평등한 관계로 전환될 수 있습니다."

　　오랜 인류 역사를 뒤엎는 이야기를 우리는 모디의 4층 작은 책방에서 듣고 있다. 대낮에도 깊은 고방에 있는 듯 어둑하고 두터운 느낌이 모두를 평화롭게 감싸고 있는 장소다. 남성들이 주도한 역사, 남성적 언어가 수천 년간 지배해온 세계에서 인류가 가장 낮고 천하다고 여겨온 곳이 신전이라는, 신전일 뿐 아니라 사회의 중심 공간으로 불러내야만 평화가 온다는 말을 듣는다. '부엌의 신전화'라는 새로운 개념을 만난 우리의 기존 관념은 화들짝 놀라 얼크러지며 쨍그랑 깨져 부서진다.

이 이야기를 듣고 있는 지금 여기는 지구 종말의 경고등이 울리고 있는 세상, 그곳에서도 머지않아 소멸할 거라고 여겨지는 '지역'이다. 그동안 우리가 추앙하고 받들었던 자본주의와 과학기술의 끝이 명백히 보이는 이 시기, 그러나 대안을 몰라 우울하고 무기력하며 온갖 새로운 소식과 변화에 그저 휘둘리고 있는 이때, 이런 이야기를 듣는 건 '내장에 소름이 돋는 듯한' 깨달음을 준다. 세상이 어수선하고 출구가 보이지 않을 때, 우리는 어디에 기대서 길을 찾을 수 있을까? 지적知的 인식이다. 내가 서 있는 곳에서 삶이 어떻게 이루어지고 있는지 깨닫는 인식의 힘이야말로 우리가 기댈 곳이다. 그 힘이 어느 때보다도 절실하다.

그래서 공부를 한다, 혼자가 아니라 여럿이서. 함께하는 공부는 인식의 힘을 확장한다. 나 홀로 가는 길이 아닌, 길동무를 얻는 일이다. 이 작은 책방에서 이야기를 듣고 있는 우리는 '나이 듦 공부모임' 도반들이 주축을 이룬다. 거기에 오랜 역사를 쌓아온, 십여 년의 공부 인연인 '경주 남산 공부모임' 동지들이 합류하고 이 공부의 필요성을 절실하게 느끼는 새로운 구성원 몇몇도 있다.

강의자 M선생님은 평생 밥을 하고 공부하며, 앎과 삶을 일치시키며 살아왔다. 그가 쌓은 인문적 향기가 어찌나 두터운지 가랑비에 옷 젖듯 우리는 촉촉이 그 향기에 물든다. 이 공부를 하면서 우리는 삶이 불안하고 허공에 뜨는 이유를 이해한다. 그리고 우리의 살[肉]을 흙처럼 두텁게 쌓아 삶의 넉넉함과 아름다움에 이르는 길을 배워간다. 세상이 어지럽고 위태로울 때 든든한 자기 자리를 만들어가는 것이야말로 자신의 삶을 구하고, 세상에 틈새를 내는 일이 아닐까? 그래서 이 글에서 공부는 왜 하는지, 어떤 공부를 해왔는지, 혼자 하는 공부가 아닌 함께하는 공부는 무엇이 다른지, 어떤 변화를 얻었는지 등을 이야기하려 한다.

"자기를 탐구한 거지."

살면서 가장 열심히 한 게 뭐냐고 스스로에게 물으면 별 망설임 없이 나오는 말이다. 나는 내가 너무도 궁금했다. 내가 누군지, 어떻게 살아야 하는지, 세상은 어떤 곳인지, 막연하고 막막해서 늘 자신에게 물었다. 답을 찾아 헤맸다. 젊은 시절 문학에 탐닉하고 심리학과 철학에 빠진 것도 다 그런 이유였겠다. 사람은 사는 게 힘들고 고통스러울 때, 모호하고 막연하기만 할 때, 전환이 필요하다고 절실하게 느낄 때 배우려고 한다.

이십 대의 배움이 주관적인 세계에서 길을 찾는 독학자의 길이었다면 삼십 대 이후는 달랐다. 그동안 내가 믿었던 세계가 와장창 무너졌기 때문이었다. 계기는 이혼이었다. 이혼이라는 사건을 통해 내 삶의 취약성이 다 드러났다. 그때 만난 나는 '사람'이 아니었다. '미친년'이거나 '바보, 병신'이었다. 그런 나를 치유하고 다시 태어나게 한 배움은 여성학이었다. 여성학이라는 학문을 통해 나는 내 고통의 이유를 객관적으로 알게 됐고, 내가 겪는 문제가 개인의 문제가 아니라 사회, 역사적인 문제라는 것을 깨달았다. 일종의 개안開眼이었다.

여성학과에서 나는 여성학이라는 학문의 특수성이 갖는 공동체적 경험을 톡톡히 했다. 동기들의 도움이 없었다면 늦은 나이에 일을 하면서 공부를 병행하기 힘들었을 거다. 동기들은 강의 시간표를 내 시간에 맞춰주고, 도서관에서 몇 시간씩 걸려 참고 도서를 찾아주었다. 세미나나 수업 때 학문적 언어도 없이 '상처받은 동물의 눈빛'으로 '어버버'거리는 나를 참아줬다. 무엇보다 동기 중 몇몇은 '못난' 내가 하는 '미워도 다시 한번'식의 눈물 콧물 짜는, 지치지 않고 계속되는 내 삶의 드라마를 듣고 또 들어주었다. 엄마가 되어주기도 하고 집이 되어주기도 했다. 후배들과 아이를 같이 길렀고, 함께 먹고 나누고 공부했다. 여성학과는 내게 새로운 삶의 공간이었다.

여성주의적 배움 공동체의 경험은 내 삶에서 아주 소중하고 특별한 경험이다. 여전히 살아있는 삶의 동력이기도 하다. 당시 내가 속하거나 활동했던 공간은 대학원 여성학과와 '또하나의문화', 그리고 '여성민우회' 같은

단체와 여성주의 소모임들이었다. 1990년대라는 시대
분위기 속에서 여성주의는 한창 자라나는 싱그러운 나무
같았다. 나무들이 모여 숲을 이루기도 했다. 함께 공부
하고, 삶을 나누는 배움 공동체들이 여기저기서 자라나
는 시절이었다. 어디 가서든 소수의 사람들과 연대하거
나 함께 배우기를 청하는 나의 태도는 페미니즘이 선사
한 선물이다. 삶의 전환기마다 길을 찾기 위해 공부를 했
고, 그 공부는 공동체적인 성격을 띠었다. 함께하는 공부
의 힘을 누구보다 잘 알고 있으니 말이다.

삶을 알고 앎을 살 때

여성학 공부는 사람 아닌 나를 사람이 되게 하고,
세상에 당당히 서게 도왔다. 하지만 여전히 실존적 공허
를 앓고 있던 나는 일찍 일을 그만두고 몇 년간 입산수행
을 한다. 그 수행의 끝에서 온 깨달음은 어이없게도 '살아
라!'였다. '네게 부족한 것은 삶이다!' 땅에 발 딛지 못하
고 이 관념에서 저 관념으로 미끄러지며 허공에서 헤매

는 나를 보았다. 몸 없는 삶을 보았다. 그 깨달음으로 늘 달아나던 곳, 땅과 일상으로 내려왔다. 삶에서의 두 번째 전환이었다.

놀랍게도 수십 년을 산, 서울 어디에도 발붙일 곳이 없었다. 아무도 날 모르는 익명의 도시로서 서울을 좋아했지만 바로 그 이유로 돌아갈 데가 없는 곳이 서울이었다. 그곳에서 수십 년 직장을 다니고, 공부를 하고, 사람을 만나고, 이런저런 활동을 했다. 친구들과 어울려 살며 아이를 길렀다. 그런데 직장은 그만뒀고 아이는 자랐다. 친구들은 제각각 자신들의 길을 따라갔다. 해마다 오르는 전셋값은 서울의 변두리에서 변두리로 떠돌게 했고 먼 거리에서 버스와 지하철을 갈아타며 직장을 다녔다. 언제나 피곤하고 지쳤다. 이웃을 만들 시간도, 마음도 없었다. 아파트 옆집에 누가 사는지 모르고 궁금하지도 않았다. 어딘가에 정 붙일 만한 '나만의 장소'를 만들 여유 같은 건 더더욱 없었다.

아무 연고도 없는 경주에 터를 잡은 건 경주라는 땅이 주는 위로 때문이었다. 시내 한복판에 거대한 천년 전 무덤이 공존하고, 폐사지의 바람이 모든 것을 다 '괜찮다'하며 부는 곳, 그곳에서 삶을 다시 시작했다. 새로운 삶을 배워야 했다. 평생 당연하게 여기던 일상의 세계를 '재발견'하는 일은 생소한 배움이었다. 기존의 배움과는 전혀 종류가 다른 배움이기도 했다. 과거엔 필요해서, 쓸모를 위해서, 때로는 현실에서 도피하기 위해 공부를 하기도 했다. 오십이 되어서야 '지금, 여기'에서 살아가기 위한 공부를 시작했다. 삶의 핵심인 집과 밥, 몸 그리고 생명과 자연에 대한 공부였다.

이를테면 집을 사랑하다 보면 집에 대한 궁금증이 자꾸 생겨난다. 이 방의 고요는 어디서 오는 걸까? 마당은 왜 그토록 설렘을 주는 걸까, 별채와 안채는 왜 서로 느낌이 다를까 등등. 그런 궁금증은 집을 공부하게 한다. 집에 대한 책을 읽다 보면 공간이 궁금하고, 공간을 알아가다 보면 장소나 건축에 관심이 간다. 수많은 의문들이 집과 공간에서 신화나 역사 공부로, 농사나 자연 탐구로, 음식과 몸에 관한 관련 서적 탐독으로 이어졌다. 그때그때 궁금한 지식을 얻고 이를 일상에서 체험한다. 새로운 체험에 의문을 품다가 그것에 대한 개념을 얻으면 기쁘다. 개념적 이해는 순간의 느낌을 확고하게 한다. "아, 그게 바로 이런 거구나!" 깨달음의 기쁨이 있고, 그것을 몸으로 다시 살아본다. 그렇게 '앎'과 '삶'이 서로를 살찌우고 확장된다.

책상과 밥상, 남산 공부모임

혼자 해도 될 공부를 왜 함께했을까? 함께하는 공부는 무엇이 다를까? 함께 공부를 하면서 이런저런 변화를 겪었다. 우선 살면서 그 어느 때보다 많은 다양한 책을 읽었다. 공부모임에서 함께 읽을 책을 찾기 위해 도서관의 숱한 책을 뒤졌다. 혼자 읽을 것이 아니니 공부 주제에 가장 적합한 텍스트를 찾아야 했다. 그 과정 자체가 공부가 됐다. 길잡이인 내가 텍스트를 완전히 이해해야 했기에 한 책을 서너 번씩 읽고 발제하는 과정은 깊고 끈질긴 공부였다. 대충 읽고 안다고 생각하면 삶의 변화를 얻기 어렵다. 제대로 알아야 자기 신뢰가 생긴다.

남산 공부모임을 위해 텍스트를 열심히 읽는 것 외에 밥을 올렸다. 붓다 공부를 하면서 자연스럽게 '밥 공양을 하고 싶다'는 마음이 우러났다. 정성스럽게 밥을 해 남에게 대접하는 건 내 삶에서 큰 변화였다. 끝내 극복되지 않을 것 같았던, 밥의 고통스럽고도 힘겨운 역사의 무게를 떨치고 나는 즐겁게 한 끼의 밥을 올렸다. 밥을 하고 집을 공들여 가꾸면서 이 공간에서 우리들의 삶이 빛나는 순간들이 되기를 기대했다. 그렇게 밥을 하다 보니 구성원들도 함께 밥을 하고 나누게 되었다.

　　남산 공부모임에서 우리는 단순히 텍스트만을 공부했을 때는 가능하지 않은 소중한 것을 얻었다. 집과 밥에 대한 깊은 이해와 체득을 한 거다. 백 년쯤 된 낡은 한옥이 주는 한없는 다정함과 함께 나눈 따뜻한 밥을 통해 더 깊은 배움을 얻었다. 공부를 하면서 자신의 집을 바라보게 되었고, 누군가의 말처럼 '방을 단정히 하면 어지럽던 마음이 단정해진다'는 걸 깨달았다. 집과 밥을 공부의 영역이라고 한 번도 생각해보지 않았는데, 그것이야말로 삶의 뿌리라는 것을 알고 배우고 실천하게 되었다. 책상과 밥상이 함께하는 공부의 힘이다.

남산 공부모임에서 쌓인 서로에 대한 신뢰와 애정은 그 후의 삶으로 이어졌다. 내가 경주를 떠나 상주로 오면서 시차를 두고 몇몇이 상주로 거주지를 옮겼다. 공부로 모여서 거주지까지 함께 옮기는 일은 드문 일이다. 함께하는 공부가 삶의 중요한 축이 되었기 때문일 것이다. 장소를 바꾸어 배움이 이어지고, 서로의 삶을 지지하는 공동체가 되었다.

나이 듦을 배우다, 노년 공부모임

나이 육십에 삶의 터를 옮겼다. 이런저런 우여곡절이 있었지만 좀 더 깊고 넉넉한 자연을 만날 수 있는 땅으로 왔다. 오랫동안 노년에 대해 생각해왔지만, 막상 환갑이 되니 내 나이가 낯설었다. '이젠 정말 오도 가도 못하게 늙어가는구나' 싶은 망연자실함, 미래에 대한 두려움. 당황스러웠다.

육십을 맞는 통과 의례로 공부를 시작했다. 우리

세대는 과거의 세대에게 배울 수 없는 첫 세대일 것이다. 급속하게 변하는 후기 산업사회에서는 농경사회처럼 이전 사람들의 삶을 통해 배울 수가 없다. 내 어머니의 노후와 나의 노후는 너무도 다른 조건 속에 놓여 있기 때문이다. 자연스럽게 늙는다는 말이 무슨 말인지 알 수 없는 환경에 놓인 거다. 이번에야말로 함께 나이 들어가는 동지들을 만나야 했다. 나이 듦의 문제는 단순히 개인의 문제이거나 생물학적인 문제만이 아니니까 말이다. 경주에서 그랬듯이 상주에서도 같이 공부할 사람들을 찾았고, 공부하자고 청했다.

　　구체적으로 함께한 일은 읽고, 쓰고, 듣는 일이었다. 텍스트를 읽는 것은 기본이고, 읽고 나서 그때마다 필요한 것들을 '쓰는' 작업을 했다. 노년은 그저 남은 '여생'이 아니다. 청년처럼 삶의 중요한 한 시기며, 그 시기에 이루어야 할 삶의 과제가 있다. 그것을 찾아가기 위해 이런저런 텍스트들을 읽지만 결국은 '자기 탐구'다. 노년 공부는 자신의 삶이 주 텍스트고, 그 삶을 이해하고 돌아보고 성찰할 수 있는 다양한 보조 텍스트들을 함께 읽어가야 한다. 그러니 자기 탐구가 필요하다고 느끼거나 절실하게 하고 싶어야 할 수 있는 공부다. 자기를 객관화하고, 드러내고, 분석하고, 바라봐야 하는 일이기도 하다.

시몬 드 보부아르의 《노년》을 읽을 때 일이다. 막연하게 생각하던 늙음에 대한 충격적 일화들 앞에서 누구는 울고, 누구는 여러 날 잠을 못 잤다. 또 누구는 우울의 늪으로 떨어지고, 누구는 화가 나서 어쩔 줄 몰랐다. '아니, 이게 늙음이란 말인가?' 우리는 노년에 대한 막연한 환상이나 무지를 깨는 고통을 겪고 있었다. 혼자가 아니라 '함께' 겪으니 얼마나 다행인가.

환갑을 맞은 도반의 '환갑 의례'는 아름다웠다. 환갑을 맞이한 사람은 '육십은 경이로운 나이'라며 자기 서사를 이야기했고, 우리는 유형 무형의 선물을 준비해 축하했다. 인생의 중요한 한 지점을 통과하는 의례는 서로의 역사 속에 서로를 잇는 일이다. 이 시기에 책을 출간한 나 역시 축하를 많이 받았다. 이 모든 과정을 함께하며 울고 웃었던 도반들, 함께 나이 들어가는 동료들, 같이 공부하고 속을 털어놓고 어려움을 나눌 수 있는 친구들이 있다는 건 축복이다.

　　노년의 원숙함은 나이 든다고 저절로 오는 것이 아니라고 노년의 공부는 가르쳤다. 아름다운 노년이란 특별한 성취였다. 나이 들면서 세상이 편안해지는 게 아니라 오히려 더 복잡하고 어려운 세상에서 끊임없이 맞서 싸울 수밖에 없다는 것, 자기 의지대로 살 수 없는 시기 또한 소중하고 의미 있는 시간이라는 것을 깨달은 것은 공부의 큰 수확이다. 의존하는 자가 돌보는 자에게 힘을 주고, 도움도 줄 수 있음을 알게 된 건 어두운 심해를 비추는 고요한 빛처럼 노년의 쓸쓸한 마음을 쓰다듬었다.

자연과 생명, 에코페미니즘

　《침묵의 봄》을 이야기한 레이첼 카슨은 미세먼지로 뒤덮인 '회색의 봄'을 상상할 수 있었을까? 봄이 되면 제 순서대로 꽃을 피우고 잎을 내던 식물들이 질서를 잃고 한꺼번에 피어나는 봄을 상상해봤을까? 자연을 도구로 이용하고 착취해온 근대적 자연관과 자본주의적 세계관 속에서 이제 우리는 스스로의 기반을 무너뜨린 자가 되었다. 어쩌다 이 지경까지 오게 된 것일까? 자연을 새롭게 바라봐야 한다는 절실함으로 공부를 시작했다. 코로나나 기후위기 같은 인간 스스로 만들어낸 위기를 극복하기 위해서는 더 많은 정보가 아니라 더 깊은 감수성이 필요하다. 우리는 몰라서 안 변하는 것이 아니라 망가져서 못 변한다. 아프고, 괴롭고, 기쁘고, 아름답고, 충만하다고 느끼는 감수성이 망가진 사회가 현대 사회라는 자각이었다. 자연을 보호하자는 아무 울림 없는 구호 대신 자연이 얼마나 아름답고 창조적인지, 우리의 몸과 자연이 어떻게 하나로 이어지는지를 느낀다면 스스로 자연을 아끼고 이 땅과 지구를 보살피는 자가 되지 않을까 하는 직관에서 시작한 공부다.

왜 우리는 자연에 대한 감수성을 잃었을까? 인간과 세계를 보는 두 가지 인식 체계가 있다. 과학적 인식과 심미적 인식. 과학적 인식은 근대 서구의 분석적 인식이다. 심미적 인식은 동아시아 문명의 오랜 기본 전통으로 사물을 정서적으로 바라본다. 존재들을 느낌의 덩어

리로 인식하는 것이다. 지금 우리는 자본이 과학을 지배하며 모든 것을 효율화하고 수량화하는 세상에서 삶의 촉촉함과 따뜻함을 잃어가고 있다. 우리에게 심미적 인식이 중요한 이유다. 존재적 차원에서 느끼는 깊은 아름다움과 풍요를 이해하고 느낄 때 삶은 충만해진다. 존재의 차원이란 다름 아닌 자신이 자연의 일부임을 깨닫는 것, 평범한 일상에서 신성神聖을 느끼며 심미적 감수성을 기르는 일이다. 시골에 산다고 자연에 대한 감수성이 저절로 생기는 건 아니다. 농사를 짓고, 흙을 만진다고 저절로 땅을 사랑하게 되지도 않는다. 자기 인식이 없으면 해도 안 하는 것과 마찬가지다.

그래서 자연과 생명, 에코페미니즘에 대한 공부를 함께했다. 심미적으로 자연을 바라보는 방법을 배우고, 자연과 함께하는 삶의 의미를 이해하고, 자연과 분리된 근대인인 우리가 자연과 연결되기 위해서는 어떤 관점과 태도를 익혀야 하는지 배우고자 했다. 지금 우리가 마주한 문제들이 편리와 이익의 극대화를 목표로 자연과 여성, 제3세계를 식민지화하고 지속적으로 착취해온 근대

문명의 결과라는 통찰과 해결책을 내놓는 에코페미니즘을 공부했다.

늘 해왔던 대로 읽고, 쓰고, 함께 이야기했다. 때로는 텍스트 한 권을 몇 달씩 정밀하게 오래 씹어 먹기도 하면서. 그리고 초여름에 함께했던 지리산 순례는 뱀사골을 흐르는 물처럼, 화엄사 각황전 지붕에 쏟아지던 햇살처럼 자연을 몸에 새긴 경험이기도 했다.

함께하는 공부는 힘이 세다

삼십 대 이후부터 함께해온 공부가 육십 중반을 넘은 지금까지 이어지고 있다. 삶의 구비마다 언제나 배움이 함께했다. 배우기를 통해 길을 찾고, 중심을 잡는 법을 알게 되었다고나 할까. 오랫동안 함께 공부하면서 알게 된 사실이 꽤 있다. 공부가 단순히 텍스트를 읽고 이해하는 차원으로만 끝나지 않을 때, 지속성이 생긴다. 지적 인식은 언제나 실천과 같이 갈 때 힘을 발휘한다. 자신이 배운 것을 바탕으로 세상을 다시 인식해 자기의 삶으로 살아본다. 그 삶이 다시 앎으로 이어지는 공부야말로 삶을 바꾼다. 앎이 머리에서 가슴으로, 가슴에서 손과 발까지 내려와야 '삶의 제전'에 꽃을 피운다. 이 오래고, 어쩌면 평생 걸릴 길을 혼자 가다 보면 곁길로 새거나 멈추기도 하겠다. 함께 가는 동지들이 있어야 힘을 얻는다.

공부에서 글쓰기와 듣기는 필수 요소다. 공부가 내 것이 되기 위해서는 자기 언어가 생겨야 한다. 모든 공부의 종착점이 글쓰기라고 하는 이유다. 씀으로써 생각이 정리되고, 새롭게 탐구되고, 확장된다. 글쓰기를 하려면 텍스트를 정확히 읽어야 한다. 내 경험으로는 책 한 권을 세 번은 읽어야 제대로 이해할 수 있다. 건성으로 한 번 읽고 다 안다고 생각하면, 공부를 통해 삶의 변화를 얻기 어렵다. 대충 아는 것으로는 자기 변화를 이룰 수 없기 때문이다. 그리고 깊은 경청! 깊은 경청은 현대인인 우리에게 몹시 부족한 자질이기도 하다. 듣고 싶은 것만 듣거나 자기가 하고 싶은 이야기에 골몰하면서 제대로 듣지 않는 경우가 허다하다. 내 이야기를 진실하게 하는 것도 중요하지만, 다른 구성원의 이야기를 '깊이' 경청하는 것 또한 중요하다. 그래야 미처 보지 못했던 것을 보거나 느끼게 되고, 타인을 통해 배우게 된다. 자칫하면 공부가 내가 아는 것만을 계속 확인하며 나의 세계관에 갇히는 일이 될 수도 있다.

함께하는 공부에서 제일 소중한 건 밥상과 책상이 같이 가는 거다. M선생님의 강의에서도 나오듯, 밥은 인과 자비라는 관념이 물질화되어 나타난 현실이다. '따뜻한 밥 한 끼'를 함께해서 먹는 일은 관념적 앎을 몸으로 체화하는 과정이다. 공부의 장소 또한 중요한 요소다. 장소에 대한 욕구는 인간의 뿌리 깊은 욕구다. 아름다운 장소에서 함께한 사람은 그 장소의 기억으로 이어진다. 그런 공간을 찾고 실험적으로 만들어내는 일은 소중하다. 내 경험으로는 남산 공부모임 구성원들의 삶의 변화나 서로에게 갖는 신뢰는 밥과 장소의 힘이었다. 백 년쯤 된 한옥이 주는 깊고도 아늑한 느낌 속에서 늦은 밤까지 이어졌던 공부는 단지 머리가 아니라 몸에 스미는 배움이었다.

서로 기대고 있는 이 삶

얼마 전 유방암이 의심된다고 조직검사를 하라는 권유를 받았다. 암일지도 모른다는 생각에 두려웠다. 외롭고 막막했는데, 오래 그런 기분에 휘둘리진 않았다. 걱정하는 시간보다 뜰과 밭에서 일하는 시간이 더 많아서였다. 어쩌면 암 선고를 받기 전 할 수 있는 가장 절실하고도 아름다운 일이어서 기꺼이 밭을 돌보고 뜰을 가꿨다. 그리고 밤엔 고단한 몸으로 따뜻한 온돌방에서 금방 잠에 빠져들었다. 불안과 걱정이 파고들 시간도 없이.

일하다 아픈 허리를 들어 석양의 뜰을 바라보면 저절로 기쁘다. 푸른 잎을 가득 달고 바람에 흔들리는 돌배나무와 노란 수평선을 이루며 피어난 창포꽃 무리, 몇 년 사이 저절로 번져 피어난 붉은 작약들, 자기들 마음대로 흩어져 피어나는 데이지와 수레국화…. 이 모두를 품고 있는 땅 위에서 나는 든든하다. 무엇으로도 대치할 수 없는 아름다움과 질서. 땅이 품어서 올린 온갖 나무와 꽃과 풀, 그 사이에서 적절한 질서를 잡아가는 인간의 노동과 돌봄. 이 모두가 모여서 이루어낸 풍경 아래서 만족과 환

희를 느낀다. 무슨 일이 생기든, 어떻게 되든, 이 아름다움을 계속 창조하고 이어갈 수 있다면 기꺼이 살아갈 만하다.

삼십 대의 나는 지금의 나를 상상할 수 있었을까? 땅과 함께하며, 땅의 위로와 기쁨을 온몸으로 느끼는 사람이 되다니! 어쩌면 감개무량한 일이다. 공부가 나를 바꿨다. 누구에게도 간섭받지 않는 '독립적 개인'이라는 환상을 품고 살았던 도시적 삶이, 땅에 기대고 배움의 친구들에게 기대는 삶으로 바뀌었다.

"우주의 모든 유기적 존재들은 자기 자신을 아름답게 구현하고자 하는 충동으로 가득 차 있습니다. 봄 쑥은 추운 겨울을 견딘 게 아니라 살아낸 겁니다. 응축된 정예로운 지혜로 그 엄혹을 살아낸 겁니다. 그게 생명의 성취입니다." M 선생님의 말이다.

쑥은 집 앞의 느티나무고, 뜰에 핀 백일홍이며, 나/우리다. 우리는 각각의 환경 속에서 '복종하고 저항하며' 자기 성취를 이루는 존재다. 생명의 인드라망으로 연결된 아름답고 신성한 존재들이다.

세상 모든 게 그물망처럼 연결되어 서로 기대고 있는 이 삶은 제법 든든하다. 삼십여 년 함께한 공부의 힘으로 길을 찾고 동지를 얻어 여기까지 왔다. 지성이 연대와 함께 갈 때, 어지러운 세상을 건너갈 힘을 얻는다. 앞으로의 삶은 여러 이유로 공부가 더 필요한 시절이다. 내년쯤이면 집에 사랑채처럼 모여 공부할 아름다운 공간이 생길 것이다. 그러면 책상과 밥상을 같이할 수 있겠지, 설레는 일이다.

　　배움이 끝나면 굳고, 굳으면 죽는다. 살아있는 것들은 죄다 부드럽다. 집 앞의 백오십 년 된 느티나무 고목이 봄이면 어김없이 연둣빛 여린 잎을 피워내듯, 배움으로 몸과 마음이 부드러워지기를 바란다. 도반들과 함께 온기 가득한 길을 찾아나가고 싶다. 들판의 사계四季를 쏘다니는 자유로운 바람과 자기배려의 현존인양 유유자적한 고양이 나비와 웅이, 햇살 따라 변하는 지혜로운 쑥갓에게 배우며 살아가고 싶다. 생명을 가진 모든 존재의 아름다움과 깊이 연결되고 싶다. 이 나이에도 공부하며 살아가는 이유이다.

기억이란 이름의 축제

남수영

십오 년의 서울 생활을 정리하고 상주로 귀촌하고도 일 벌이기 좋아하는 성격은 어디 가지 않아 방과후 학교 강사, 한살림, 참교육학부모회, 백원장으로 바쁜 나날을 보내고 있다. 두 아이의 엄마로 바느질과 뜨개질 등 손으로 뭔가 만드는 것을 좋아한다.

창밖을 내다보면 아파트 입구 쪽에 아이들이 잠시 서 있다가 노란 학원버스를 타고 떠난다. 잠시 뒤엔 다른 아이들이 다른 학원버스를 타고 간다. 유치원에 다니는 큰아이가 일 년 뒤에 그 자리에 서 있을 생각을 하니 가슴이 답답해져서 서울을 떠나야겠다고 생각했다. 남편은 건축 관련 일을 하고 있어 전국 현장을 다니고 있으니 어디에 살든 괜찮다고, 오히려 서울이 아니면 교통 체증을 겪지 않아도 되니 더 좋다고 했다. 마침 친정 부모님이 살고 계신 상주에 적당한 규모의 초등학교도 있고 근처에 바로 구할 수 있는 작은 집도 있어 이사를 결심한 뒤에는 빠른 속도로 일이 진행되었다. 우리 가족은 이제 상주시 외서면 관동리에 산다.

이사를 오고 작은 아이는 어린이집에, 큰아이는 백원초등학교에 입학했다. 가끔 서울의 지인들과 통화하면 '시골에서 심심하지 않아?'라는 말을 듣곤 한다. 심심하다니, 할 일이 얼마나 많은데. 서울에서도 취미로 하던 퀼트를 계속하려고 공방을 찾고, 운전을 배우고, 학부모회 활동을 하고, 한살림 조합원 모임에 나간다. 처음 살아보는 단독주택은 고칠 것이 많았고, 작은 텃밭에 뭔가를 심는 것도 해야 할 일투성이라 정신없이 바쁜 날들을 보내고 있는데 심심하다니. 그리고 백원장이 있다.

아이가 다니는 백원초등학교 맞은 편, 외서면 관동리와 사벌국면 원흥리 사이에 지금은 기차가 서지 않는 백원역이 있다. 이사 오고 몇 달 되지 않아 우리보다 먼저 귀촌한 분들이 거기서 백원장을 열자는 편지를 집집마다 돌리고 있었다. 일단 3월 세 번째 토요일에 개장한다고 해서 집에 있던 아크릴 실로 수세미를 몇 장 떠서들고 나갔다. 마을 어르신 몇 분과 귀농 귀촌한 몇몇 가족이 모여 연 소박한 장터였다.

그 뒤로 백원역 앞에서는 세 번째 토요일마다 백원장이 열렸다. 어떤 날은 작아진 아이들의 옷이나 더는 가지고 놀지 않는 장난감을 가지고 나가 팔았고, 어떤 날은 그냥 구경하러 가기도 했다. 누군가 집에서 만든 쿠키를 가지고 와서 팔면 사 먹고, 볏짚으로 새끼줄 꼬기를 배워 달걀 꾸러미를 만들어오기도 했다. 그렇게 백원장이 내 삶 속에 들어왔다.

아이들의 축제

자급자족 백원장은 시작부터 백원초 학부모들이 주축이었던 만큼 언제나 아이들로 들썩인다. 어린이가 장꾼으로 참여한 좌판은 항상 인기가 많다. 어른들이 보기에 저게 과연 팔릴까 싶은 것도 아이들끼리는 잘도 사고판다. 그 아이들 가운데 우리 아이도 있다. 하루는 딸 하윤이가 머리핀을 만들어 팔고 싶다고 해서 재료를 준비해주었더니 꼼지락대며 열 개쯤 만들었다. 색색의 펠트를 꽃 모양으로 잘라 단추를 달고 핀을 글루건으로 붙인 단순한 머리핀이 금세 다 팔렸다. 어른이 보기엔 삐뚤빼뚤한 머리핀이지만 예닐곱 살 아이에게는 아홉 살 언니가 만든 핀이 무척 매력적이었나 보다.

아이들은 백원장에서 제기차기와 딱지치기, 대형

분필로 바닥과 벽에 그림 그리기를 할 수 있다. 분필로 그린 그림은 비가 오면 지워지기 때문에 다음 장이 열리면 또 그릴 수 있다.

크리스마스가 있는 12월에는 어린이들에게 선물을 나눠준다. 선물은 새로 산 것이 아니라 집집마다 잠자고 있던 보드게임이며 인형이며 장난감이나 옷을 예쁘게 포장한 것이다. 새것은 아니지만 백원장에서 만난 언니 형들의 선물이라 다들 좋아한다.

백원장의 공연무대에서는 춤을 추든 노래를 하든 악기를 연주하든 원하는 어린이들이 자신의 끼를 마음껏 펼치고 박수를 받는다. 하윤이도 친구들과 무대에 올라 춤을 추기도 했다.

"사람들 앞에서 춤추면 긴장되지 않아?"

"긴장되지. 긴장되는데 그게 기분이 좋은 거야."

백원장이 아니었다면 우리 아이가 무대 위에서 춤추는 걸 그렇게 좋아하는 아이라는 것을 어떻게 알았을까. 알았더라도 이렇게 자주 무대에 오르는 경험을 할 수 있었을까.

백원장 무대에서 노래를 하던 정윤이는 실용음악과에 진학해서 훌륭한 보컬리스트로 성장하고 있고, 구움과자와 수제초콜릿을 만들어 파는 중학생 류진이는 과자 판 돈을 모아 자기 오븐을 샀다고 한다. 지금 백원장에서 신나게 놀고 있는 아이들 중에도 여기서 자기 꿈을 찾을 수 있는 아이도 있을 거다. 또 꼭 그렇지는 않더라도 그 아이들의 삶의 한 귀퉁이에서 백원장에서 사랑받고 지지받았던 경험과 기억이 언제까지나 반짝반짝 빛날 것이라 믿는다.

문화공간 백원장

언젠가부터 사람들이 모여 작은 무대를 만들고, 그 무대에서 노래를 하고 악기를 연주하고 춤을 추었다. 따로 오디션을 보거나 하지 않았기 때문에 누구든지 신청만 하면 무대에 오를 수 있었다. '우리 이웃에 이런 재능을 가진 사람이 있다니!' 놀랍도록 뛰어난 실력에 놀라고, 얌전한 줄 알았는데 반전의 춤 실력에 놀라고, 간혹

'저런 실력으로 무대에 오르다니' 그 배짱에 놀라기도 했다. 하지만 높은 음에 음 이탈이 나도, 안무를 잊어 틀리더라도 모두가 즐거우니 아무런 문제가 되지 않았다. 손가락이 얼 것 같은 추운 날씨에 기타를 치거나 건반을 연주하면 고맙기도 미안하기도 했다. 한번은 낙서초등학교 학부모회에서 인형극을 하러 오셨는데, 커다란 탑차에 무대를 통째로 싣고 온 데다 인형극도 수준급이어서 모두들 깜짝 놀랐다.

비가 오는 날에는 천막을 치고 공연을 하고 역사 처마 아래 작은 공간에 옹기종기 모여서 구경을 한다. 공연하겠다는 사람이 없는 달에는 노래방을 연다. 언제나 흥이 넘치고 춤과 노래가 빠지지 않는 백원장이다.

2016년 〈귀향〉이라는 영화가 개봉했고 주변의 많은 이들이 그 영화를 보았다. 경이 언니가 영화에서 중요한 소품으로 등장하는 괴불노리개를 만들어보자고 했다. 괴불노리개는 요사스런 귀신을 쫓는 의미도 있다고 한다. 마침 상주 평화의소녀상건립 시민추진위원회가 꾸려지고 있어 백원장에서 괴불노리개를 팔아 평화의소녀상

건립에 보태자는 의견을 모았다. 전통적인 괴불노리개는 재료비도 만만치 않고, 대량으로 제작하기도 어려워 약간 변형을 하기로 했다. 나는 퀼트를 하고 있어 작은 원단 조각이 많아 그 원단으로 모양을 약간 변형한 샘플을 만들었다. 재료를 준비해 백원장에서 괴불노리개 만들기 체험도 하고, 만들어둔 노리개도 팔았다. 주변 지인에게 선물하고 싶다며 십여 개씩 주문하는 분도 계셨고, 다른 지역에서 주문이 오기도 했다. 집에 있는 원단을 가져다주시는 분들도 계셔서 풍성한 재료로 괴불노리개를 만들 수 있었다. 하나에 5천원에 팔아 재료비를 제하고 남은 70만 원을 기부하였으니, 세어보지는 않았지만 둘이서 150개 이상은 만든 것이다. 우리가 괴불노리개를 만든 과정은 상주 평화의소녀상 백서에도 사진과 함께 실렸고 소녀상 앞 동판에도 새겨지게 되었다. 오랫동안 바느질을 취미로만 하고 있었는데 만든 물건을 판매해 그 수익금을 기부하고 나니 내 인생에 이렇게 뿌듯한 일이 있었나 싶다. 상주 왕산역사공원 평화의소녀상 근처를 지나면 그때의 일들이 새록새록 떠오르곤 한다.

오늘은 백원장

장이 열리기 며칠 전부터 준비가 시작된다. 무대에서 공연할 팀을 섭외하고, 손봐야 할 시설이 있는지 살피고 청소도 한다. 무더운 여름에 땀을 뻘뻘 흘리며 깨끗하게 풀을 벤 사람은 용곤 씨, 광보 선생님, 대공 씨 셋 중 하나. 아니면 같이 하셨을 것이다. 역 한쪽의 커다란 책장의 문을 열고 의자를 늘어놓는다. 책장과 의자를 만들고 책장 가득 책을 채워준 이들은 벼리네 가족이다. 역사 안에는 마수리공작소에서 만든 추억의 오락기에 아이들이 몰려 있다. 오락기에 넣을 동전이 떨어지면 동전을 바꾸러 안내소로 간다. 매달 장이 열리기 전날 안내소에 잔돈을 채워놓는 사람은 정미 씨이다. 정미 씨는 잔돈뿐 아니라 백원장의 통장을 꼼꼼히 관리해준다.

안내소와 가장 가까운 자리에 일찌감치 자리 잡으신 분은 깔끔하게 다듬은 텃밭 채소를 가지고 나오신 관동리 마을 할머니이시다. 혼자 오실 때도 있고 마을의 다른 어르신과 함께 오실 때도 있다. 달마다 바뀌는 저렴하고 신선한 제철 채소를 만날 수 있다. '스스로지짐 코너'

3장 우리가 함께 걸을 때

에서는 영미 씨가 만들어온 김치전 반죽으로 각자 김치
전을 직접 부쳐 먹는다. 고소한 냄새에 이끌려 그냥 지나
칠 수가 없다. 막걸리를 한잔하면 좋겠지만 운전을 해야
해서 못 마신다면 커피나 차를 마실 수도 있다. 커피를
담당하는 분은 종종 바뀌곤 한다. 사람마다 커피를 내리
는 방식과 도구가 바뀌어 각각의 매력이 있다. '티^{tea}나는
윤찻집'에서는 직접 덖은 감잎차와 녹차, 홍차, 허브티를
마실 수 있다. '상주 기후위기비상행동' 활동을 열심히 하
시는 찻집 사장님은 찻집 한편에 알맹상점도 차려놓으셨
다. 이제는 꽤 유명해진 '살롱 드 봉강'의 진영 씨가 피자
를 가지고 오면 긴 줄이 늘어선다.

　　　근처의 화예 농가에서 꽃을 팔러 오시는 날도 있
다. 신문지에 둘둘 만 소박한 꽃다발을 하나 사서 집에
가면 온 집안이 꽃향기로 가득하다. 상주에서 문경 가는
길에 있는 백원역이라 문경에서 오시는 분들도 있다. 모
글리 빵집에서 신선한 재료가 듬뿍 든 천연발효빵을 준
비하고 어머님이 만드신 식혜를 가지고 오는 두나 씨도
있다.

아이들이 많이 모여있는 곳은 역시 어린이가 직접 연 좌판이다. 인형이나 포켓몬 카드, 학용품들을 서로 사고파느라 정신이 없다. 요즘 같은 저출생 시대에 이렇게 많은 아이들로 떠들썩한 것은 백원역 건너편에 백원초등학교가 있기 때문이다. 백원초등학교 학생들은 방과후학교에서 배운 댄스를 무대에서 선보이기도 하고, 학교 닭장에서 직접 키운 닭이 낳은 달걀을 가지고 와서 팔기도 한다. 백원초 선생님들은 주말인데도 백원장에 나와 아이들을 지도하신다.

백원역 광장 안쪽에는 얼마나 오래됐는지 모를 커다란 은행나무가 있고, 그 아래엔 우리가 직접 만든 무대가 있다. 트럭 가득 나무와 공구를 싣고 와 무대 제작에 앞장선 분은 용선 선생님이다. 무대 위에서 열정적으로 연주와 노래를 하는 '대디즈' 밴드는 마흔이 훌쩍 넘어서 악기를 배우고 밴드를 결성한 용감한 분들이다. 대디즈 보컬을 맡은 수박 선생님은 놀랍게도 책을 여러 권 낸 만화가로 최근 캐리커처로 엄청난 인기를 끌었다. 전에는 백원장지기로 항상 같이했던 석민 씨가 토요일에 일이 있어 지금은 가끔만 모습을 볼 수 있다. 석민 씨가 오면 기다리는 무대가 있다. 이석민 작사 작곡의 '자급자족 백원장'이 그것이다. 악보도 없고, 반주도 없이 오로지 석민 씨만 부를 수 있는 노래이다. 어른들이 한창 무대를 채우고 있으면 꼭 노래하고 싶다고 무대에 오르는 아이가 있다. 곧 마이크는 아이에게 넘어가고 그 옆에 춤추는 아이가 나타난다. 아이들의 무대는 언제 끝날지 아무도 모른다.

십 년이라는 시간 동안 백원장에서 수고하신 분들이 이뿐일 리 없다. 나 역시 십 년 내내 열심히 활동하지는 않았기에 내가 언급하지 못한 분도 있을 것이다. 하지만 중요한 것은 이 모든 사람들의 손길과 발자국으로 백원장은 십 년을 이어졌다는 것이다.

오즈의 나라 동료들

북적북적한 백원장을 보면 장을 열지 못했던 삼 년이 까마득하게 옛날처럼 느껴진다. 역 앞 광장에서만 열리던 백원장을 역사 내부를 사용할 수 있도록 코레일과 임대계약을 맺고 나니 코로나19가 닥쳤다. 장이 열리지 않아도 사람들은 백원역에 모였다. 폐허 같았던 백원역을 고치기 위해서다. 울퉁불퉁하고 깨진 바닥에 시멘트를 새로 바르고 에폭시 코팅을 하고 벽에는 페인트를 칠했다. 쓰지 않는 싱크대를 주신 분도, 오래되었지만 잘 작동하는 냉장고를 주신 분도 계셨다. 많은 이들이 틈틈이 시간을 내어서 일손을 도왔다. 언제 다시 백원장이 열릴지, 다시 많은 사람들이 찾아줄지 확신할 수 없는 상황에서도 모두가 해야 할 일을 할 수 있는 만큼 했다. 마스크를 쓰고 일을 했고, 일한 사람들끼리 새참 나눠 먹는 일도 조심스러웠다. 하지만 어려움을 함께한 시간 덕분인지 삼 년이나 쉬고 다시 장이 열렸을 때도 모두 다시 찾아주었다.

처음 백원장을 열자는 편지를 들고 집에 찾아온 사람은 동철 선생님이었다. 같은 백원초등학교 학부모이자 내서중학교 교사로 근무하고 계셨다. 동철 선생님의 추진력과 실행력으로 백원장 아이디어가 현실화되었다. 백원장이 조금 유명해져 지역 언론에서 다루자 언론 인터

뷰도 도맡아 주셨다. 겉으로 드러나는 일을 주로 하신 분이 동철 선생님이었다면 숨은 활동가는 경이 언니였다. 드러내는 것을 좋아하지 않는 성격이라 처음에는 눈에 띄지 않았지만 보이지 않는 곳에서 모든 것을 꼼꼼히 챙기고 있었다. 장이 열리기 전에 미리 가서 청소를 하고, 공연할 사람을 모으고, 필요한 음향기기를 빌리고, 떡집에 떡을 주문한다. 백원장은 많은 이들의 손길로 만들어 가는 곳이지만 구심점 같은 경이 언니가 아니었다면 십 년이나 유지할 수 없었으리라.

백원장에서 만난 여러 사람들을 생각하고 지난 시간을 돌이켜 보면《오즈의 마법사》가 생각난다. 뇌가 없는 허수아비는 모험의 길에서 언제나 새로운 아이디어를 내고, 심장이 없는 양철나무꾼은 언제나 남을 먼저 배려하고, 겁쟁이 사자는 동료를 위해 절벽을 뛰어넘는다. 고향으로 돌아가고 싶었던 도로시도 사실 고향으로 돌아가는 데 필요한 은구두를 처음부터 신고 있었다. 어릴 적부터 나는《오즈의 마법사》에 나오는 겁쟁이 사자에 감정을 이입하곤 했다. 용기 있다는 것은 실패의 두려움이 없는 것이 아니라 두려움에도 불구하고 한번 해보는 것이다. 나에게는 백원장에서 만난 이들이 도로시, 허수아비, 양철나무꾼, 그리고 또 다른 겁쟁이 사자이자 오즈의 마법사이다. 백원장 안에서 자신의 가능성을 발견하기도 하고 도움을 주기도 받기도 하며 오랜 시간 모험을 함께한 동료들이다.

장소, 기억, 축제

관동리에 이사 오기 전에는 백원역이라는 곳이 있는지도 몰랐지만, 옛날에는 꽤 번성했던 기차역이라고 한다. 은척에 탄광이 운영되던 시기엔 우산재를 넘어온 석탄을 전국으로 실어 날라 따뜻한 겨울을 날 수 있게 하던 곳이고, 완행 기차를 타고 통근하던 사람들이 매일 드나들던 곳이었다. 이제 기차가 서지 않고 그냥 통과하는 역이 된 지 십오 년이 넘었고, 몇 년 뒤면 기차 선로도 걷힐 예정이라고 한다. 기차를 타고 다니던 사람들, 화물을 다루던 사람들, 기차역에서 근무하던 사람들, 그리고 그

인근 마을 사람들에게 추억의 공간인 백원역이 방치되는 것이 안타까워서 백원장을 시작했다고 한다. 가끔은 이 마을이 고향인 분들이 우연히 오셨다 백원역에 이렇게 많은 사람들이 모여있는 것을 보고 기뻐하며 고맙다는 표현을 하시기도 했다. 한 달에 한 번 장을 열기 위해 풀을 베고, 꽃을 심고, 쓰레기를 줍고, 가끔은 페인트를 칠하고, 목공작업을 하여 공간을 가꾸며 수고했던 시간이 보람 있게 느껴지는 순간이었다. 지금 백원역 광장에서 즐거운 시간을 보내는 사람들이 언젠가 돌아왔을 때 낡고 허름한 역사와 풀이 무성한 선로만 남은 백원역을 만나지 않았으면 좋겠다는 생각을 한다.

백원장을 만들어가는 사람들은 대체로 자신의 생업이 따로 있고, 가능한 만큼 자신의 시간과 수고를 내놓는 사람들이다. 문화기획 전문가가 따로 있는 것도 아니다. 축제를 기획하는 전문가에 막대한 예산을 쏟아부어 유명한 가수를 초청하는 지역축제들에 비하면 어설프기 짝이 없고 부족한 것도 많다. 의견을 모아서 실행하는 데도 많은 시간이 걸린다. 그 점에 불만을 표현하는 사람도 있다. 하지만 그것이 백원장의 특성이고, 우리가 십 년이라는 시간 동안 이 마을의 축제를 지켜올 수 있었던 비결이라는 생각이 든다. 다른 지역의 화려한 플리마켓이나 행사들을 보면 부러울 때도 있지만, 그것보다는 지금 여기 모인 사람들이 너무 힘들지 않게, 즐겁고 길게 지속하는 것을 더 큰 가치로 삼고 우리의 속도와 우리의 방식으로 함께하기를 바란다.

공감이라는 치유

정경해

삼 남매를 낳아 키우면서도 수필 쓰기를 놓지 않은
덕에《내 마음의 덧신》,《같은 빛깔로 물들어 간다는
것은》등 네 권의 수필집을 출간했다. '문학 텍스트
를 활용한 마음치유' 강사로 활동하며 뜰하심리상담
소를 운영하고 있다.

"참으로 신기해요. 가족에게도 하지 못하던 말을 나도 모르게 하고 있네요. 남편은 이런 저를 이해하지 못해요. 그렇다고 아직 어린 자식들에게는 말하고 싶지 않더라고요. 사실 글로 써볼까 하다가 말았어요. 눈물이 너무 나서요. 어찌나 눈물이 흐르던지, 이런 내 모습을 아이들이 볼까 봐 쓰던 글을 덮고 얼른 화장실로 들어갔어요."

수업을 마칠 즈음 사십 대 초반 뜰하가 눈물을 글썽인다. 그녀는 수업 내내 조용히 자리만 지키던 수강생이었다. 말없이 다른 사람들의 이야기를 듣기만 했다. 그러면서도 수업이 끝나면 꼭 한마디하고 나갔다.

"오늘도 제가 치유받았어요."

자신의 이야기는 한마디도 하지 않았으면서 무엇을 어떻게 치유받았다는 것일까. 늘 의문이었다. 그런데 총 12강의 거의 막바지인 10강이 되어서야 봇물이 터지

듯 자신의 이야기를 쏟아냈다.

　　그녀는 호리호리한 체격에 맑고 밝았다. 생글거리는 웃음에 근심 걱정이라고는 없어 보였다. 게다가 순수하고 싹싹하기까지 해서 가만히 앉아 자리만 지켜도 그저 보기 좋았다. 그럼에도 언뜻언뜻 불안한 눈빛이 스쳤다. 그것이 무엇일까 궁금했지만, 섣불리 물어볼 수는 없었다. 그녀는 고요히 앉아 다른 사람의 이야기를 들었다. 수업 자료로 시나 수필을 같이 읽을 때도 다른 수강생들과 달리 아무 말도 하지 않았다. 그래도 한마디쯤 듣고 싶어 어떠냐고 물어보면 그녀의 대답은 늘 짤막했다.

　　"글이 참 좋네요."

　　"공감이 가요."

　　"제가 괜히 기분이 좋아지네요."

　　그저 말없이 앉아있던 그녀에게 조금씩 변화가 느껴졌다. 시간이 흐를수록 표현이 늘었고 이야기도 길어졌다. 정성화 수필가의 〈꽃물을 들이며〉를 읽고 났을 때는 조금 더 자신을 드러냈다.

　　"봉숭아 꽃물 들이는 일 하나로 어떻게 이런 글을

쓸 수 있을까요? 대단하게 느껴져요. 저는 이런 글을 쓰지는 못하지만 참으로 공감이 가고 어린 시절 봉숭아꽃 물들이던 생각이 나요. 그때는 꽃물이 제대로 들까 걱정되어 잠 못 들고 그랬잖아요."

상처를 보듬고 치유하는 시간

그녀는 내가 개설한 평생교육 강좌에서 만났다. 수강생으로 참여한 그녀의 변화를 보며 이곳 상주에서 문학 텍스트를 활용한 마음치유 프로그램을 시도하길 잘했다는 생각을 했다. 지인의 권유로 경북대학교 대학원에서 문학치유를 공부할 때만 해도 나 자신을 위한 공부라고 생각했다. 글 읽고 쓰는 것을 좋아하고 수필가로 등단하여 이미 글쓰기로 돌파구를 찾은 나였지만 삼 남매를 키우며 겪게 되는 일들로 막막할 때 숨통을 터줄 것 같았다. 실제로 자식들의 크고 작은 문제에 대학원 공부가 적절한 해결 방법을 제시해주기도 했다.

2019년 2월 문학치유 석사학위를 받고 바로 지역

평생학습원에 강좌를 개설했다. '수필로 빚어내는 삶 이야기'라는 수필 강좌였다. 그동안 꾸준히 수필을 써오며 어떤 문학 장르보다 마음이 갔다. 수필은 자신의 경험이나 느낌 따위를 일정한 형식에 얽매이지 않고 자유롭게 산문 형식으로 쓰는 글이다. 어떤 주제에 관한 다소 논리적이고 비평적인 에세이와는 달리 삶이 고스란히 드러나는 수필에 마음이 갔다. 내가 좋아하고, 즐겨 쓰는 수필을 좀 더 알리고 싶었다. 수필가로서 수필 강좌를 열고 싶었다. 수필가가 많지 않은 이곳 상주에 수필을 쓰는 사람이 많아졌으면 하는 바람이 있었다. 자신의 삶을 수필로 빚는 수업은 흥미로웠다. 어설픈 글이지만 수강생들은 자신의 삶을 수필로 빚어냈다. 첫해였지만 한 해 동안 쓴 수강생들의 글로 문집도 만들었다.

2020년 초 코로나19가 지구촌 곳곳에 들불처럼 번졌다. 우리나라도 예외는 아니어서 기하급수적으로 늘어나는 감염자를 감당하기 어려웠다. 사람들이 모일 수 없는 상황에 이르자 평생학습원 개강도 계속 미뤄졌다. 결국 상반기에는 휴강하고 하반기에도 미뤄지다가 간신히 개강은 했으나 제대로 된 수업이 이루어지지 못했다. 그런 가운데 기쁜 일도 생겼다. 매주 자신이 쓴 수필을 가져오며 열정적으로 공부하던 수강생이 이듬해 신춘문예에 수필로 당선되었다.

코로나19가 수그러들었지만 2023년에는 강좌를 개설할 수 없었다. 딸아이가 코로나 후유증으로 간신히 죽만 넘기며 많이 아팠다. 그 뒷바라지에 정신이 없었다. 딸아이가 조금씩 좋아지면서 올해 다시 강좌 개설을 신청했다. 강좌 개설 신청서와 함께 제출한 이력서를 본 평생학습원 측에서 전공인 문학치유를 살리면 어떻겠냐는 의견을 주었다.

강좌명을 '글쓰기를 통한 마음치유'로 바꾸었다. 문학을 활용한 마음치유 수업이다. 다양한 문학 텍스트로 마음을 움직여 열게 하고, 마음속 깊이 꽁꽁 숨겨져 있는 상처를 들여다보며 보듬고 치유하는 시간이자 더 나아가 글쓰기 작가의 길로 이어질 수도 있는 소중한 시간이다.

개강하고 첫 수업부터 수강생들의 글이 밀려들었

다. 수필을 꼭 써보고 싶다며 열의가 대단했다. 너도나도 글을 써왔고, 수필을 알아가는 재미로 눈빛을 반짝였다. 반면 부작용도 있었다. 글을 가져오지 않던 수강생 한 명이 자퇴를 한 것이다. 그 또한 매번 치유를 받고 간다고 말하던 수강생이었다. 글을 쓰지 않아도 괜찮다고, 지금처럼 이야기로 풀어내면 된다고 말해도 소용없었다. 자신만 글을 가져오지 못한다는 생각에 써보려고 애를 썼지만 단 한 줄도 쓸 수 없었다고 했다. 글을 쓰는 것이 너무 어렵고 부담이 커서 수업 참여가 어렵다는 말만 되돌아왔다. 치유를 위한 글쓰기였는데 글쓰기가 족쇄가 되다니 안타까운 일이었다.

고심 끝에 수업 진행을 달리했다. 수업을 수필 쓰기에서 문학치유 중심으로 바꾸었다. 수업에 시, 동시, 수필, 그림책, 노래, 그림, 돌, 여러 종류의 카드, 동영상, 자연, 사진 등 다양한 문학 텍스트를 활용했다. 수강생들은 그 순간 일어나는 자신의 감정을 느껴보고, 그 느낌을 이야기로 풀어냈다. 말하고 싶지 않은 사람은 다른 사람 이야기에 귀를 기울이며 공감하고, 궁금한 것은 묻기도 하며 함께했다. 활짝 웃으며 즐거웠던 이야기를 할 때도 있지만 더러는 마음 아픈 이야기에 눈물을 글썽이거나 목이 메어 말을 잇지 못하기도 했다.

수강생들은 문학 텍스트에 자신의 삶을 투영하며 과거를 돌아보았다. 예전에는 아픔이었지만 지금은 아무것도 아닌 추억으로 남아있는 기억을 떠올렸다. 아픔이 너무 커서 지금 생각해도 어떻게 그 힘든 시간을 견뎠는지 신기하다는 수강생도 있었다. 오로지 자식만 생각하며 그저 버텼다는 수강생도 있었다. 지금도 자신 안에 웅크리고 있는 아이가 불쑥불쑥 나타나 힘들다는 수강생의 말에는 덩달아 마음이 아렸다.

아픔의 원인은 다양했다. 오로지 아들만 편애하는 어머니, 폭력적인 아버지, 누군가는 술주정뱅이 남편의 주사가 심해 죽을 만큼 힘겨운 삶을 살았다는 사람도 있었다. 그런가 하면 아들만 편애하는 것 따위는 그러려니 하고, 못 먹고 못 입는 가난도 나만 그런 것이 아니니 신경 쓰지 않았다는 수강생도 있었다. 그럼에도 스스로 위축되어 고개를 제대로 들지 못했고, 사람들의 눈도 제대로 쳐다보지 못했다. 왜 그런지 도대체 이해할 수 없다는 말도 덧붙였다.

아픔이 없는 삶이 있을까. 수강생들은 각자 자신의 지난날을 돌이켜 보며 회한에 젖었다. 일상에서 살짝 비껴있는 것 같지만 불쑥불쑥 나타나 정신을 헤집는 상처는 아픔으로 다가왔다. 어린 시절, 또는 젊은 시절부터 쌓인 아픔은 환갑이 넘어도 잊히지 않았다. 수강생들은 하루아침에 해소될 문제가 아니라고 이구동성으로 말했다. 그럴 때도 뜰하는 잠시 눈빛이 흔들렸을 뿐 별말이 없었다. 끝내 마음을 열지 않을 수도 있겠다는 생각이 들었지만 조급해하지 않았다. 좀 더 시간이 필요할 뿐이라고 생각했다. 그렇게 우리는 10강에 이르렀다.

우리에게 건너온 마음들

10강 수업을 위해서 며칠 전 바닷가에서 주워온 자잘한 돌 이십여 개를 들고 갔다. 책상 위에 펼쳐놓고 수강생들에게 마음이 가는 돌을 골라보라고 했다. 수강생들은 돌들을 꼼꼼히 살피고는 두세 개씩 손에 들었다. 그리고는 미소를 지으며 자신의 자리로 돌아갔다.

각자 돌을 선택한 이유가 있었다. 누구는 예뻐서, 돌에 새겨진 그림이 마음에 들어서, 또 어떤 이는 빛깔이 마음에 들어서 집었다고 했다. 자기 자리로 돌아가서도 자신이 주워온 돌을 들어 보이며 흡족한 표정을 지었다.

그녀는 내가 반지처럼 손가락에 끼우면 좋겠다는 생각에서 주운 돌을 손에 쥐었다. 독특한 반지 모양으로 생긴 돌을 가져간 그녀의 마음이 몹시 궁금했다. 그 돌을 주울 때 생각이 나서였다.

해변에서 그 돌을 처음 발견했을 때는 바닥이 막힌 투박한 그릇 모양이었다. 아주 앙증맞으면서도 바윗돌 같은 먹갈색 빛깔과 울퉁불퉁한 모양이 마음에 들었다. 모래 속에서 파내고 보니 구멍이 뚫린 돌이었다. 나도 모르게 손가락에 끼워보았다. 엄지에도 약지에도 맞지 않았는데 신기하게 오른쪽 검지에 딱 맞았다. 투박해서 반지처럼 끼고 다닐 수는 없겠지만 독특한 모습이 마음에 들었다. 그렇게 망설임 없이 챙겨온 돌을 그녀가 잡은 것이다.

수강생들은 차례로 자신이 선택한 돌을 들어 보이며 이야기를 시작했다. 돌을 고를 때의 마음, 돌과 관련해 떠오르는 이야기를 하며 즐거운 표정들이었다. 그녀 차례가 되자 그녀가 반지처럼 생긴 돌과 함께 아주 작은 돌을 들어 보였다. 그리고 작은 돌을 반지처럼 생긴 링 안에 쏙 집어넣었다. 그녀가 내뱉은 첫마디가 울림을 줬다.

　　"아, 이제야 마음이 편해지네요."

　　내 검지 굵기밖에 안 되는 작은 구멍에 작은 돌을 쏙 집어넣고는 그제야 마음이 편해진다는 말에 마음이 아렸다.

　　모두가 귀를 쫑긋 세우고 그녀를 바라보았다. 그녀가 미소를 띠고 이야기를 시작했다.

　　"이 구멍을 보는 순간, 요 작은 돌을 넣으면 쏙 들어갈 것 같았어요. 실제로 넣어보니 쏙 들어가서 마음이 편해졌어요. 구멍 안에 있으니 늘 불안한 내 마음도 이 돌처럼 편안해질 것 같아요."

　　무엇이 그렇게 불안한 것 같냐는 물음에 그녀가 말

을 잇지 못했다. 한동안 머뭇거리던 그녀가 간신히 입을
열었다.

"아버지."

"그래요? 아버지가 생각났구나!"

"예. 아버지가 생각났어요."

"물어봐도 될까요? 아버지의 어떤 점이?"

"글쎄요, 여기서 얘기해도 될까요?"

"그럼요. 어떤 이야기도 괜찮아요. 하지만 하고 싶
지 않으면 안 해도 돼요."

"아니에요. 할래요."

"…폭력."

한동안 망설이던 그녀가 어렵게 '폭력'이라는 단어
를 꺼냈다.

"그래요?"

"아주 어릴 때부터 아버지의 그런 모습을 보았어
요. 우리 세 자매에게만 그랬어요. 너무너무 무서웠어요.
숨어서 두 눈을 꼭 감았어요. 늘 겁에 질려 웅크리고 살
았어요. 그래서 그런지 나이 마흔이 넘은 지금도 누군가

큰소리만 내면 가슴이 벌렁거리고 움츠러들어요. 그 자
리를 얼른 피해요."

　　숨죽이며 듣고 있던 다른 수강생들이 의아해하며
한마디씩 건넸다.

　　"이렇게 예쁜 딸인데?"

　　"그러게 말이에요."

　　그녀가 무거운 표정을 지었다.

　　"어디에서도 말하지 못했어요. 그런데 참 이상하
네요. 이곳에서는 저도 모르게 나오네요."

　　눈에서는 금방이라도 눈물이 쏟아질 것 같았다.

　　"아버지에 대한 기억은 그저 '무섭다' 밖에 없어요.
그런데 이상한 일은, 나는 이 나이 되어서도 이렇게 아프
고 힘든데 큰언니는 그렇지 않대요. 세 자매가 똑같이 경
험한 일인데 참 이상하지요? 왜 그런지 모르겠어요."

　　"심성이 여려서 그럴 수도 있어요. 언니는 맏이로
서 책임감이 컸을 거예요. 오히려 적극적으로 맞닥뜨리
면서 치유가 되었을 수도 있고요."

　　"그런가요?"

그녀가 혼잣말처럼 말했다.

누군가 아버지는 지금 살아 계시느냐고 물었다.

"지금 살아 계세요. 이젠 연로하셔서 잘해드리고 싶은 마음도 있는데, 그러다가도 힘들었던 어린 시절이 생각나서 마음이 돌아서곤 해요. 지금은 자식으로서 최소한의 도리만 하고 있어요. 아버지가 그렇게 무섭게만 하지 않았어도 지금 우리 딸들이 얼마나 잘하겠어요. 저도 이런 상황이 마음 아파요."

"그러게요."

듣는 우리도 안쓰러운 상황에 깊은 한숨이 나왔다. 그러면서 아버지가 지금도 그렇게 무섭게 하시느냐고 물었다. 그녀가 헛웃음을 웃었다.

"아이러니하게도 지금은 너무너무 잘해주세요. 한 번 크게 아프셔서 죽을 고비를 넘겼거든요. 그 후부터는 아주 잘 대해주세요. 문자메시지도 얼마나 살갑게 쓰시는데요. 나도 못 하는 '하트 뿅뿅'도 보내고 그러세요. 그런데도 이제 와서 무슨 소용인가 싶어요. 아무리 문자가 다정해도, 번번이 하트를 보내셔도, 좋게 와닿지를 않는 걸요."

"그렇군요."

"지금껏 어디서도 이런 마음을 꺼내 놓지 못했어
요. 늘 겁에 질려 웅크리기만 했거든요."

그녀가 그동안 꽁꽁 싸매 두었던 자신의 속내를 털
어놓는다.

"이상하게도 이곳에서는 마음이 열리는 것을 느껴
요. 저만 힘들게 살았다고 생각했는데 저보다 몇 배는 더
힘들었을 이야기들을 하시더라고요. 다른 분들 이야기
를 들으며 어떻게 보면 그래도 나는 행복한 사람이라는
생각에 위안이 되더라고요. 그리고 마음이 열려서 제 이
야기를 꺼냈을 때, 이렇게 공감해주시는 것에 위로가 되
네요. 그렇게 힘들었구나, 보듬어주는 것 같아 많은 위안
을 받아요. 그동안 불안에 떨며 너무 웅크리고만 살았다
는 생각이 들어요. 제가 제 딸아이를 어떻게 부르는지 아
세요?"

그녀가 이야기를 마치며 불쑥 물었다.

"공주!"

"보물!"

누군가 소리쳤다.

"예 맞아요, 보물. 그것도 그냥 보물이 아닌 '우주 보물'이라고 불러요. 이 세상에, 이 우주에 하나밖에 없는 보물이라는 뜻으로요. 제 딸아이가 저처럼 웅크리지 않았으면 좋겠어요. 자존감 높은 아이가 되기를 바라요. 그래서 무엇이든 다 해주고 싶어요. 다 해줄 거예요. 세상에 하나밖에 없는 우주 보물이니까요."

평범하면서도 특별한

문학치유 프로그램으로 만난 사람들을 떠올린다. 아픔이 없는 사람은 없었다. 크고 작은 아픔을 겪으면서 자신이 겪는 아픔이야말로 가장 아프고 힘들다고 생각한다. 끙끙거리며 힘겨운 삶을 이어간다. 그러면서도 굳이 내색하지 않는다. 씩씩하다. 아니 씩씩한 척, 아무 일 없는 척 살아간다. 그럼에도 아픔은 불쑥불쑥 고개를 들어 일상을 흐트러뜨리기도 한다. 그로 인해 때로는 주저앉기도 한다.

　　그런 그들이 한 편의 시나 수필을 읽으며, 한 장의 그림을 바라보며, 노래 한 곡을 음미하거나 따라 부르며, 작은 돌 하나에도 의미를 부여하며 울고 웃는다. 다른 사람의 아픔에 공감하고 위로를 주고받으며 마음이 편해진다. 신기한 일이다.

　　사람은 의도하든 의도하지 않든 서로 상처를 주고받는다. 시간이 지나면 자연스레 잊히는 것도 있지만 평생을 따라다니기도 한다. 가족, 특히 혈육에게 받은 상처는 더 깊이 박힌다. 그 상처는 피부에 생긴 상처와 다르다. 살갗에 생긴 상처는 약을 바르면 아물고 새살을 밀어올린다. 하지만 사람에게 받은 마음의 상처는 약으로도 치유되지 않는다.

　　사람에게 받은 상처는 사람을 통해서 치유된다. 서로 공감하고, 이해하고, 위로하는 사이 자신도 모르게 위안을 얻는다. 마음이 열리며 아픔도 서서히 풀어져 옅어진다. 다시 앞으로 나아갈 힘을 얻는다. 마음을 열어 상처를 끄집어내고 치유를 받는 매개체로 '문학 텍스트를 활용한 마음치유'는 훌륭한 장치가 된다.

작은 돌 하나를 링 안에 넣고 마음 편안해하던 뜰하를 다시 떠올린다. 그녀의 이야기를 들으며 '우주 보물'을 생각한다. 이 세상에는 보물이 참 많다. 국가에서 지정한 보물부터 개인이 소중해서 보물이라 여기는 것까지. 그럼에도 그 무엇과도 바꿀 수 없는 보물은 바로 나, 자신이 아닐까. '나'라는 존재. 그것은 사람일 수도 있고, 한 그루 나무일 수도 있고, 길을 걷다 발부리에 스치는 작은 돌멩이일 수도 있다. 존재는 소중하다. 빛이 난다. 이 세상의 모든 '나'는 하나밖에 없으며 그 자체로 빛을 내는 존재라고 스스로 느낄 수 있기를 고대한다.

4
장

자연은 자연스레

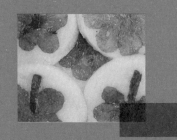

"이른 아침부터 봉강마을 언니네텃밭 작업장에는 사십 대부터 팔십 대까지 언니들의 이야기 소리로 활기가 넘친다. 직접 기른 야채와 밑반찬 등 꾸러미를 포장하는 일은 여러 단계를 거치며 분업으로 이루어진다. 박스를 접어 그 안에 비닐을 넣는 작업이 끝나면 각자 맡은 일이 시작된다. 얼갈이배추, 상추, 열무 등은 무게를 재서 소포장하고 다른 한쪽에서는 콩장, 김치 같은 밑반찬을 소분한다. 풋고추도 벌레 먹지 않은 것, 크기가 일정한 것을 선별해서 개수를 나눈다. 달걀은 깨지지 않게 신문지로 싸서 종이팩에 담는다. 이 모든 과정이 여간 손이 많이 가는 게 아니다. 허리가 휘고 무릎이 아픈 언니들이지만 누구보다도 부지런히 열심이다."

김정열

_____

여성 농민

지금 우리가 걷는
한 걸음

우경화

상주 기후위기비상행동 대표, 채식평화연대 공동대
표로 치열하게 살다가 지금은 가족과 떨어져 몸 공
부를 호되게 하고 있다. 음식을 만들고 나누는 즐거
움을 되찾고 천천히 숨쉬는 법을 배우는 중이다.

"기후위기 피케팅 그런 건 왜 해요?"

요양병원을 찾아와 아빠가 들려준 카네이션 화분을 '시크'하게 전해주며 고1 아들이 불쑥 묻는다. 이어 자신의 주변에는 아무도 관심 있는 사람이 없다는 현실도 전해주었는데, 내가 그때 에너지가 떨어져 있던 때라 적절한 답을 해주지 못했다. 당장은 그렇게 보이지 않아도 때가 되면 알 수밖에 없는 현실과 세상엔 관심을 가진 사람들이 더 많다는 이야기를 해줄 수도 있었지만, 질풍노도의 시기에 뭐라 한들 와닿지 않았을 것 같다. '강제하지 않아도 점점 더 큰 영향을 받을 수밖에 없는 게 너희 세대인데' 하며 넘어갔다. 암이라는 녀석이 발등에 툭 떨어진 내 상황에서 아들에게 해줄 말이 더 없어져 버렸다. 시원한 답을 해주지 못한 나는 아들이 가고 나서 한동안 시무룩해 있었다.

나는 요즘 앎을 가져다준 암을 마주하며 내 안의

의사 선생님을 제대로 만나는 중이다. 당뇨 합병증으로 팔 년을 고생하시다 환갑도 되기도 전에 가버린 아빠는 건강하게 제대로 잘 사는 것을 고민하게 해주셨고, 간암 발병으로 함께하게 된 엄마와의 시간들은 제대로 잘 죽는다는 것의 중요성을 돌아보게 해주었다. 그러나 이런 저런 방법들을 알려줘도 사람들은 각자 자신의 인연대로, 생긴 모양대로 살다 간다는 것 또한 알게 되었다. 사고로 일찍 떠난 형부와 십오 년 복막투석을 하다 얼마 전 훌쩍 가버린 언니, 그리고 앞으로 저마다의 모습으로 살다 갈 남은 가족과 지인들. 세상 모두가 그렇게 우연 같은 필연인 자신의 길을 살아내고 때가 되면 길을 떠난다. 나의 시간도 누가 뭐라 한들 내 생긴 대로, 인연대로 구르다 멈출 테니 다를 것도 없다. 내가 어떤 것을 깨우친들 내 생각만이 정답이 아님을 늘 기억하고, 지금 이 순간의 나를 놓치지 말아야겠다.

그러니 아들의 질문도 마찬가지겠다. 그냥 궁금한 대로 내게 물었듯이 내가 애쓰지 않아도 아들은 아들답게 자신의 답을 찾아갈 것이다. 어깨너머로 읽은 책들로 우유도 안 마시고 급식 때 고기는 먹겠지만 음식물 쓰레기는 남기지 않겠다는 초등학교 때의 다짐처럼 네가 알아가는 진실만큼 성장해가겠지. 어쨌든 네가 이미 선택하고 행동하고 있는 것들이 이미 기후행동임을 알게 될 테니까. 이제껏 그렇게 잘 해왔듯이 말이다.

채식과 건강

한 끼의 채식 선택이 개인이 시작할 수 있는 작지만 큰 기후행동임을 알게 되었다. 그로 인해 이어진 활동들이 남들에게 큰 울림을 주지 못한단 생각에 마음이 아팠고 어설픈 자신에 실망감이 보태져 내 마음에 큰 쓰레기가 되어 쌓였다. 과거에도 지금도 또 앞으로도 많은 이들이 함께해냈고 해낼 일들인데, 조바심과 아무것도 못했다는 자책감에 내 건강의 근본을 놓치고 위생이라는 이름의 쓰레기들로 가득한 병원 생활을 마주하게 되었다. 건강한 이들의 몸속에서도 매일 생겨난다는 암세포처럼 인간이 살아있는 한 발생시킬 수밖에 없는 게 쓰레

기다. 면역력이 염증세포를 처리해 몸을 지켜주듯 쓰레기도 최선의 해결책을 찾아 꾸준히 가면 되는 건데, 뒤집어 탈탈 털어내지 못한다고 속을 끓였던 것은 욕심이 앞선 내 탓이었다. 선의를 택했어도 성급하게 결과를 보려하면 그 역시 지나친 욕심인데, 그것을 제대로 보지 못했던 거다.

"채식한다더니 아프네!" 아픈 비건인들이 많이 상처받는다는 이런 소리를 나도 듣기 싫었다. 항암과 수술을 선택한 뒤 내 식단을 보고 완전 채식으로 말기 암을 이겨내신 분 이야기를 급히 전해주신 분의 우려 또한 아프기는 마찬가지였다. 저마다의 방법이 옳다고 생각하는 사람들이 저마다의 기준으로 그저 나를 걱정해주는 말들이니 뭐라고 한들 아파할 것도 없다. 난소암인데 수술을 취소하고 단식을 선택하더니 결국 응급실행이라는 소리도 걱정하는 마음의 한 표현일 뿐이다. 그 안의 소중한 마음들만 감사히 받으면 된다. 수많은 소리들은 모두 그 모양새가 다를 뿐 상대를 찌르는 도구도, 상대를 구하는 치유의 도구도 될 수 있다.

수없이 찔려보니 나도 많이 찌르고 살았음을 알 것 같다. 조언은 상대가 원치 않을 때는 그 기능을 하지 못함을 명심하자. 또 깜빡하는 날이 있겠지만 나나 잘하자 다짐해본다. 전업 치병을 하다 보니 생각 채널이 온통 치유의 방법론들이라 내 방법이 맞다고 전하고픈 마음이 자주 일어난다. 내가 잘 살아내면 그 자체가 조언이 될 것이고, 다른 결과가 나와도 그 또한 공부가 될 것이다.

살면서 내가 택한 방식들이 비주류라는 이유로 걱정을 많이 들었다. 내가 선택했던 자연 육아법도 일부 사람들에게 아동학대라는 비난까지 들었다. 물론 건강한 아들을 보며 슬쩍 물어오던 이들도 있었다. 아픈 가족들이 시켜준 건강 공부의 결과물로 양방의 한계를 일찍 알게 되어 한방과 더 친해졌고, 자연요법까지 기웃거리다 효과 좋다는 특정 약초에 매이기보다 매일 먹는 음식의 중요성을 알게 되었고, 현미 채식과 자연식물식을 접하게 되었다. 비슷한 고민을 가진 분들을 만나며 비건의 가치도 접하게 되었다. 지금은 비건 지향인으로 살고 있으나 내 가족의 식이 선택은 자유의사를 존중한다. 다만 중학생이 된 후 끼니 때 스팸에 흰밥을 찾고 편의점을 애용하는 아들을 볼 때 자동으로 일어나는 걱정들과 원래 몸에 안 좋은 게 맛있는 거라며 불량식품들을 즐기고 있는 신랑에게 불편함이 자주 일었는데, 내가 아플 때마다 채식을 고집하는 것이 문제라는 많은 이들의 걱정과 내가 가족을 보며 하는 걱정은 결국 같은 것이었다. 아프고 나니 그것이 보인다. 나만 옳다는 생각을 내려놓지 못해 내 안의 병을 키웠구나!

누군가 정성스럽게 차린 밥상 앞에서도 가공 식재료, 기름진 고기 요리들로 일던 아쉬운 마음과 의문들. 직접 비난은 하지 않았으나 내 안에서 일어나는 걱정으로 포장된 마음들은 비난과 크게 다르지 않았다. 하나를 지적할 때마다 나머지 손가락들은 나를 찌르고 있었고, 나의 내상은 결국 내가 입힌 것들이었다.

너답게 나답게

사는 게 막막하여 앞으로 어떻게 살아야 할지 모르

겠다는 질문자에게, 다람쥐처럼 그냥 살라던 스님의 답변이 떠오른다. 나도 친정 엄마의 간암 발병과 여러 가지 위기가 중첩되던 시기, 답답한 마음에 '어떻게 살아야 할까?' 하는 질문을 당시 일곱 살이던 아들에게 했었다. 아들은 진지한 얼굴이 되어 잠시 생각을 하더니 갑자기 씩 웃으며 "잘 살면 돼요"라고 대답했다. 기가 막힌 답이라는 생각에 큰 위로를 받으며 "그래, 그냥 살던 대로 잘 살면 되는 거지?" 하며 아들을 안아주었다. 그때 이미 답을 알았으면서 왜 또다시 헤매었을까?

비우고 나누지 못함, 또 거기서 거기라는 죄책감 속에 환경 관련 피켓을 들고 서 있던 어설픈 내 모습을 생각하니 더 답답했다. 지속 가능한 세상을 위해 할 수 있는 작은 힘을 보태려 쫓아가다 갑자기 들려온 '뒤로 돌아!' 구령에 얼떨결에 앞에 서게 된 나는, 내 발등 위에 불씨가 떨어진 것을 발견하고 나서야 상주 기후위기비상행동 대표, 채식평화연대 공동대표의 자리에서 해방되었다. 내 안의 의사 선생님이 굵직한 문제를 던져주며 나에게 나답게 제대로 사는 법을 찾아가라 속삭인다.

4장 자연은 자연스레

내가 지금 집중해야 하는 건 나다움을 찾아가는 지금 이 순간이다. 바쁜 마음에 짧아진 호흡으로 산성화된 내 몸을 알칼리화하기 위해, 생명 유지에 더없이 중요하다는 산소를 얻기 위한 깊고 긴 호흡에 집중한다. 아들도 엄마의 선택을 바라보는 시야가 넓어지면 보이는 세상 너머의 그것들을 찾아낼 것이다. 기후위기도 넘쳐나는 방법론에만 빠져 있지 않고, 지금 바로 할 수 있는 한 걸음을 고민하고 행동하며 계속 걸어가는 이들이 해결의 열쇠를 가진 것이다.

나답게 엄마답게, 너답게 아들답게, 당신답게 남편답게 우리 모두의 불완전함을 인정하고 계속 걸어가는 것, 도시에 살든 지방에 살든 저마다 선택한 삶의 최선을 찾아 위기의 시간들을 살아가며 자신이 해야 할 것들을 하나씩 발견해가면, 하나둘 그 에너지가 커지겠지. 그리고 작지만 작지 않은 그런 꾸준함들이 모여 세상을 바꾸어 가겠지.

맨땅에 헤딩하듯 무모해 보일 수도 있는 길을 계속 걸어가는 조천호 박사님처럼 그냥 계속 가는 것, 타인의 불완전함을 비난할 시간에 완벽할 수는 없지만 하나씩 수정하며 해야 할 일을 찾아가는 꾸준함이 내가, 그리고 우리가 꽉 잡고 놓지 말아야 할 것들이 아닐까?

물, 소금, 식물, 비타민, 미네랄이 해독의 기본이고 햇빛, 산소, 흙, 산, 호흡, 나를 믿기가 치유의 기본이다. 피켓 위의 기후위기는 없다. 나의 위기를 모르는 게 위기들의 실체였다. 하고 싶은 일을 제대로 하게 하려고 내게 찾아온 내 몸의 경고를 받아들이고, 나의 불완전함을 인정하고, 까불지 말고 계속 질문하고 들여다보기. 앞으로 어떻게 살아야 할까? 힘이 달리면, 갈피를 못 잡고 누군가를 붙들고 묻고 싶어지는 때가 오면, 또 어린 아들한테 배운 대로 자신에게 대답해줘야겠다.

우리가 할 수 있는 한 걸음

오랜만에 내가 좋아하는 김밥을 쌌다. 며칠 전 나를 위한 선물로 밥솥을 장만했다. 그동안은 시댁서 어르신들이 챙겨준 얻은 밥솥들로 밥을 해왔다. 누군가가 내

놓은 멀쩡한 밥솥들 덕분에 수많은 밥을 했다.

새로운 소비를 조금은 망설였지만, 그동안 챙기지 못했던 내 몸을 위해 작은 밥솥을 큰맘 먹고 장만했다. 닮고 싶은 이웃의 선생님이 나눔 주신 직접 지은 현미와 이름 모를 청년 농부님의 유기농 귀리를 섞어 밥을 지었다. 촉촉하게 잘 퍼진 현미밥에 함초소금과 올리브유와 참깨를 넣어 섞어주고 맛을 보았다. 정말 구수하고 맛있었다. 병원밥을 먹고 산 지 일 년이 넘어 회복되면 내 손으로 밥을 지어 먹고 나누며 살고 싶다는 생각을 내내 했다. 페이스북에서 지인의 글을 읽다가 '밥을 나누는 기쁨'이라는 표현 한 줄에 눈물이 핑 돌기도 했다. 나중에 어떻게 살겠다는 희망들이 나를 살릴 것이라 생각했는데, 이제 나중이 아니라 지금 당장 그렇게 살아야 하는 거라는 생각이 들었다.

지주식 양식으로 생산된 김을 한 장 깔고 그 위에 밥을 살살 편다. 김을 한 장 더 얹고 그 위에 병원 베란다에서 키우고 있는 새싹채소들을 듬뿍 얹어 얼마 전 신랑이 가져다준 잘 숙성된 무 피클을 올렸다. 며칠 전에 처음 만들어본 당근 라페를 듬뿍 넣고 푸른 나물을 한 줄 추가한다. 단조로운 맛을 풍부하게 해줄 이스트 플레이크도 뿌렸다. 치즈 같은 '꼬리꼬리한' 향이 올라온다. 도구가 부족해 아쉬운 대로 과도로 썰어 나란히 세우고 사진도 찍으며 감탄한다. 그냥 생긴 대로의 내 모습처럼 어설프지만 꾸미지 않은 현미 채식 김밥이 완성되었다. 주저 없이 한입에 넣었다. 설명할 수 없는 진짜 맛있는 한입이다. 꼭꼭 씹자 맛있는 시간들이 입안에 꽉 들어차 신데렐라의 호박마차처럼 순식간에 맛있는 '지금 이 순간'으로 바뀌었다.

휴게 공간에서 가끔 수박도 썰고 한참 제철인 감자도 쪄서 먹으라 권해주시는, 오랜 병원 생활에도 씩씩한 언니들과도 나눠야겠다. 지금 이 순간, 행복하게 한 걸음 한 걸음을 뗄 때마다 맛있는 한 조각들이 나누어지고 보태지니 모두의 피가 되고 살이 되어갈 것이다. 나는 아직 할 일이, 나눌 일들이 태산같이 많다는 생각이 들었다.

전에 독감에 걸려 고열에 끙끙 앓던 일곱 살 아들

이 "엄마는 왜 나를 이렇게 늦게 낳았어요?" 따지기에 깜짝 놀라 물으니 "엄마와 지낼 시간이 너무 짧잖아요"하고 엉엉 통곡한다. 순간 울컥하여 아들을 안아주며 그래서 너를 만난 거라고, 이제 백세시대라는 이야기들을 횡설수설했던 것 같다. 다음날 열이 싹 내리고 깨어난 아들은 "내가 육십까지 살면 엄마는 죽겠네! 힝. 백사십까지 살아!" 하던 아들. 네 말대로 하자면, 아직 반도 못 산 셈이구나.

병원에 들린 아들이 다시 묻는다

"상주에는 도대체 왜 왔어요?"

"쨔샤! 다 올 만해서 온 거야!"

너도 한번 이유를 찾아보렴. 네가 부딪히며 갖는 의문들이 모두 네게 가르침을 주고 있잖아. 여태껏 잘 해왔듯이 너답게 아름답게 답을 잘 찾아봐. 지속 가능한 지구를 위해 너답고 나다운 방법을 각자 찾아내어 그저 우리가 할 수 있는 한 걸음을 계속 이어가 보자!

귀농의 시간

박환순

나이 오십이 넘어, 포도 농사를 지으면서 비로소 철이 든 것 같다. 잘하는 것보다 못하는 게 많아서 항상 누군가의 도움을 얻어야 한다는 사실도 알게 되었다. 시골에서 철 따라 사는 평범한 지혜를 배우고 있다. 나와 연결된 모든 인연에 감사하며, 잘 죽기 위해 살아가는 모든 순간마다 깨어있으려 한다.

아이들과 함께 산골에서 살기로 했다. 흔히들 말하는 귀농이다. 이제 우리 집은 시골이다. 도시를 떠나 이민 가듯 살림살이를 정리하고 생각을 정리한다. 그 옛날 얼굴도 본 적 없는 남편에게 시집가는 새색시의 마음이 이랬을까. 모든 것이 낯설고 긴장되는 상황이었지만, 나름 설레는 마음도 있다. 이사 갈 집을 정하고 자동차 가득 짐을 꾸렸다. 사람들은 도시의 화려함과 편리함이 좋다고 하지만 나는 오히려 긴장되고 힘들었다. 귀농 사례를 기웃거리다가 어느 순간 가족과 함께 용기를 내 마침내 일을 저질렀다.

어릴 적 우리 집은 돈 때문에 부부싸움이 잦았다. 그러나 그것 때문에 별로 괴롭진 않았다. 좀 더 적확하게 말하면 끊임없이 돈 문제로 싸우던 엄마 아빠와 달리 나에게 가난은 그렇게 현실적인 괴로움이 아니었다. 친구들과 하루 종일 시간 가는 줄 모르고 놀던 그때, 나는 그것만으로도 족했고 행복은 돈과는 상관없는 그런 일상들이었다.

   그때부터였을까. 사람들이 그렇게 돈, 돈 악다구니를 해도 경제적인 것에 휘둘리지 않는 그런 삶을 살고 싶다는 묘한 반발심이 있었다. 또 한편으로는 일반적인 사람들의 성공 기준과는 다르게 살고 싶은 열망이 있었다. 지위가 높고 돈이 많은 것이 그렇게 '폼 나' 보이지 않았다. 오히려 누군가에게 도움을 주면서 소박하게 살아가는 사람들이 마음 한구석에 큰 울림으로 다가왔다. 그런 사람들 곁에서 나도 그렇게 살고 싶었다.

   세상을 다르게 살고 싶다는 마음은 사십이 넘어 귀농을 선택하게 했다. 적게 벌어도 행복하게 살아보고 싶었다. 물질적인 소비가 주는 만족보다는 편안하고 소박하게, 하루의 순간들을 즐기면서 살고 싶었다. 남들이 행복하다고 하는 그런 삶보다 내가 행복한 삶을 찾아가고 싶었다. 새롭게 농사를 배우고 또 산골에서 사는 것이 나에게는 즐거운 도전이었다.

무너지고 다시 쌓는 삶

그러나 막상 귀농의 시간은 머릿속 상상과는 많이 달랐다. 희망을 실재로 만드는 과정은 험난했고, 시행착오를 겪을 수밖에 없었다. 실패와 좌절과 막막함의 연속이었고, 생각만큼 즐겁지도 쉽지도 않았다. 도시에서 나고 자란 나에게 자연을 그대로 경험하는 시골 생활은 무인도에 던져진 갓난아이처럼 낯설고 알 수 없는 세상이었다. 도시의 습성이 하나도 바뀌지 않은 채 겉으로만 농부가 되려니, 몸과 마음이 뒤틀리고 균열이 나기 시작했다. 몸이 많이 아프고 힘들었다. 내 맘대로 되는 일이 없다 보니, 점점 무기력해지고 자존감도 낮아졌다. 몸이 아프니 마음도 아프기 시작했다. 그런데 이상하게도 도망치고 싶지는 않았다. 무너질 것 같아도 또다시 힘을 냈다. 도시로 돌아가겠다는 생각을 한번도 하지 않았다는 것도 참 신기한 일이다.

맷집이 생겨서일까. 힘든 시간 중에도 나름의 익숙함과 즐거움이 조금씩 생겼다. 그런 하루하루가 쌓이다 보니, 어느새 일상생활이 조금씩 자연에 맞춰졌다. 벌이가 적으면 적은 대로 시골살이를 체득하게 되었고, 머리로 고민하기보다는 몸을 쓰는 일상이 많아졌다. 아침이 되면 밭으로 나가는 것이 가볍고 좋았다. 햇살과 시원한 바람에 몸이 깨어나고 온몸이 제대로 숨을 쉬는 것 같았다. 시골 농부의 하루는 낮에는 밭에서 일하다가 해가 저물면 집으로 돌아온다. 그렇게 살면 생각도 단순해지고 일상도 가벼워진다. 그다지 바쁘게 할 일도 없다.

산골의 삶은 많은 것이 필요하지 않다. 귀농하면서 큰 가구며 전자제품들을 많이 버리기는 했지만, 많은 물건을 그대로 가지고 왔다. 책이며, 옷이며, 가구며, 곳곳에 떨쳐 내지 못한 미련이 그대로 남아있었다. 시골에서는 필요도 없는 것들인데 왜 이렇게 미련을 부렸을까. 붙들고 있던 짐들을 정리하는 데, 아마 오 년은 걸린 것 같다. 어렵게 제본해서 보관하던 전공 책을 이제야 덤덤하게 버린다. 돈깨나 주고 샀던 남편의 양복이며, 롱코트, 정장을 모두 버렸다. 비싼 브랜드라고 아까워서 버리지 못하다가 결국은 곰팡이가 가득 핀 것을 보고서야 미련을 버렸다. 창고에 박혀 있던 식기세척기와 고급 식기 세트, 안 쓰는 냄비들은 나눔하고 집에 주인처럼 큰 공간을 차지하던 가구들도 모두 정리했다. 모든 것들이 비워진 공간에 비로소 우리가 주인이 되었다. 나에게 필요한 것들만 남기고 나니, 참으로 가볍고 유쾌했다. 아주 간소한 살림살이가 되었지만 지금 있는 가구와 옷과 그릇만으로도 여전히 풍족하다. 이미 있는 것만으로도 충분히 차고 넘친다.

농부로 살면서 내가 받은 가장 소중한 선물은 바로 저녁이다. 시골에 살면서 별이 있는 하늘과 칠흑 같은 어둠과 은은하게 밝은 달빛을 누리게 되었다. 아주 고요하면서도 적막한 시간을 경험하게 되었다. 항상 바쁘고 피곤했던 도시의 저녁과 달리, 시골의 저녁은 아무것도 하지 않아도 넉넉하고 편안하고 재미있다. 농부는 해가 지면 모든 것을 멈추어야 한다. 더 열심히 할 수도 없고, 그런다고 되는 일도 아니다.

언젠가 일을 더 하고 싶은 욕심에 헤드라이트를 켜고 밤늦게까지 일한 적이 있었다. 깜깜한데 빛 하나만 있으니 모든 벌레가 내 주위에 모여서 숨도 쉴 수 없었다.

비로소 욕심이라는 걸 깨닫고 일을 그만두었다. 해가 없으면 하던 일도 그만두고 쉬어야 한다. 포도나무가 해를 따라서 성장하듯 사람도 그렇게 해를 따라서 살아야 한다. 생명으로 살아간다는 것은 그렇게 단순하면서도 명쾌한 것이다. 농부가 되고서야 이를 배우게 되었다. 낮에는 일하고 밤에 충분히 쉬게 되면, 불안과 두려움보다는 편안하고 만족스러운 하루를 보내게 된다. 이렇게 하루가 일 년이 되고 십 년이 된다. 나에게 오는 모든 하루가 유쾌하고 근심이 없다. 원하는 것이 많지 않으니, 하루가 복잡하지 않고 안달복달할 일도 없다. 농부의 삶은 그래서 단순하고 자연을 따라 이치를 배우는 삶이다. 그런 농부를 선택한 내가 기특하고 대견하다. 앞으로도 더 크고 넓은 자연의 지혜를 배우면서 잘 살아갈 테니 말이다.

그냥 하는 어른

가난한 집의 제사상은 단출하다. 살림이 다소 궁핍했던 우리 집의 제사상이 그랬다. 명절이나 제사가 있는 날이면 엄마는 콩나물을 한 시루나 사곤 했다. 맛난 음식은 한두 개 장만하면서도 콩나물은 왜 그렇게 많이 사셨는지. 아마 많은 사람이 배를 불리기에 콩나물만 한 것이 없었던 모양이다. 제사 때가 되면 제일 하기 싫은 일이 바로 콩나물 다듬기였다. 그때는 요즘과 달리 콩나물에 콩껍질이랑 잔발이 많아서 일일이 다듬어야만 했다. 어려서 손이 재바르지 않은 동생들은 열외였고, 콩나물을 다듬는 사람은 항상 엄마와 나 둘이었다. 고사리손으로 아무리 집중을 해도 한 시루나 되는 콩나물의 부피는 좀처럼 줄어들지 않았다. 늦은 시간까지 쉼 없이 해도 다듬은 양보다 해야 할 분량이 산더미였다. 잠은 오고, 손도 아프고, 허리는 뒤틀리고 미칠 노릇이었다. 내가 안 하면 엄마혼자 해야 하는데, 나 몰라라 할 수도 없어 이러지도 저러지도 못하는 상황이었다. 너무 하기 싫은데 안 할 수도 없어 나중엔 그냥 닭똥 같은 눈물만 뚝뚝 흘렸다.

우는 것을 들키면 불호령이 떨어질 테니, 소리도 못 내고 숨죽여 울다가 어느 정도 지나면 눈물이 그쳤다. 나에게 이런 파도가 일어났다가 사라지는 것에도 아랑

곳하지 않고 엄마는 꾸준히 콩나물을 다듬었다. 하루 종일 장사하느라 지쳤을 텐데, 제사 음식 준비까지 하려면 얼마나 피곤할까. 아마 나보다 백배 천배는 더 하기 싫겠지. 콩나물 시루에 푹 박혀 있던 고개를 들어 엄마를 보았다. 표정을 살피는데, 이상하다. 좋지도 싫지도 않은 표정이다. 그냥 쉼 없이 콩나물을 다듬는다. 허리가 뻐근하지 않을까, 졸립기도 할 텐데 그저 미동도 없이 다듬고 있다. 지겹지 않나? 어떻게 재미도 없는 일을 아무렇지도 않게 계속할 수 있을까? 나도 어른이 되면 아무렇지도 않게 견디며 이렇게 할 수 있을까. 싫은 마음은 어느새 사라지고 알 수 없는 의문만 남았다. 끝도 없는 이런 일들을 투덜대지도 않고 어떻게 계속할 수 있을까. 진짜 이해되지 않는 큰 의문이었다.

언젠가 물어본 적도 있었던 것 같다. "엄마는 하기 싫지 않아?", "싫어도 해야지.", "그런데 어떻게 아무렇지도 않게 그렇게 계속해?", "그냥 하는 거지." 엄마의 얘기를 들어도 의문이 해소되지 않았다. 나이가 들면서도 의문은 풀리지 않고 더 커져만 갔다.

어른이 되었어도 세상에는 하기 싫은 일이 너무나 많았다. 하기 싫어도 그냥 하는 것이 쉽지 않았다. 너무 힘들고, 지치고, 도저히 몸과 마음이 꿈쩍도 않을 때 엄마가 묵묵히 콩나물을 다듬던 그 순간이 스쳐갔다. 그런 건 어떤 마음일까. 그렇게 일을 하는 마음이 어떻게 가능할까.

열 살 남짓한 아이에게 그것은 인생의 비밀 열쇠처럼 아득하고 신기하고 어려웠다. 아이의 의문은 마음속 깊이 가라앉았고, 기억할 새도 없이 바쁘게 나이를 먹었다. 그렇게 시간이 흘러 나는 오십 대의 아줌마가 되었다.

고구마 줄기를 밭에서 한가득 잘라왔다. 비를 맞고 나니 어느새 줄기가 부쩍 자랐다. 고구마 줄기는 다듬어서 볶아두면 부피가 확 준다. 아무리 많이 장만해도 먹다 보면 금방 줄어들어서 이참에 한가득 담아왔다. 신문지 위에 펼쳐놓으니 그야말로 마루에 작은 언덕이 만들어진 듯하다. 아이들을 불러서 함께 고구마 줄기를 다듬는다. 옆에 앉아서 한두 개 다듬더니 투덜대는 소리가 자연스레 새어 나온다. 왜 이렇게 많이 잘라왔냐고 묻는다. 이

거 얼마 안 된다고 했더니, 입이 한 발은 나왔다. 금세 하기 싫다고 몸으로 아우성이다. 허리가 뒤틀린다고 하소연이더니만 손에 꺼멓게 물도 들고 따갑다고 엄살이다. 몇 줄기 만지고 언제 끝나냐며 졸립다고 투정이다. 조금 더 하다가 구시렁대던 아이들은 포기하고 자러 방으로 들어갔다.

남편이랑 둘이 남았다. 묵묵히 고구마 줄기를 다듬다 그 옛날 콩나물을 다듬던 엄마가 떠올랐다. 아이의 마음으로는 도저히 이해되지 않던 일들이 이젠 자연스럽다. 내가 힘들고 지치더라도 사랑하는 사람들을 위해서라면 그저 참을 만하다. 또 그렇게 하고 나면 순간의 괴로움과 불편함보다 뿌듯한 마음이 나를 행복하게 한다.

하기 싫은 일도 꾸준히 하다 보면 싫은 마음 너머 여러 마음을 경험하게 된다. 아이의 눈에는 보이지 않던 많은 마음을 만나게 되면서, 행복이라는 것은 좋고 싫고의 마음 그 너머에 있다는 것을 어렴풋이 알게 되었다. 좋고 싫다는 마음의 고개를 몇 번씩이나 넘다 보면, 순간의 감정에 흔들리지 않는 굳건한 마음을 경험하게 된다.

나이를 먹고 수많은 시간의 고개를 넘어서, 좋고 싫고와 상관없이 그냥 하는 마음이 되었다. 지금 당장은 힘들더라도 먼 시간을 지나다 보면 지금과 다른 모습으로 나에게 돌아온다는 것도 자연스레 배우게 된다. 머리로 지식으로 살기보다는 삶의 긴 시간이 주는 지혜를 배우고 익히게 된다. 그래서 엄마처럼 그냥 하는 일들이 많아진다. 더워도, 힘들어도, 하기 싫어도, 그런 마음에 출렁이지 않고 그냥 하게 된다. 어른이 된다는 건 이런 마음이 내 안으로 자연스럽게 들어오는 것인가 보다.

이불 속에서 혼자만 자는 것이 미안했던지 딸이 걱정스레 묻는다. "엄마, 잠 안 와?", "응, 괜찮아.", "아직 많이 남았어?", "아니, 이제 다 해가." 걱정 가득이던 딸이 그제서야 안심이 되었는지 편히 잠을 청한다. 나도 그랬던 것 같다. 얼마 안 남았으니까 걱정 말고 자라는 말에 안심이 되었던 것 같다. 아이가 그렇게 많은 봉우리를 오르내리면서 여러 마음을 만나 성숙한 어른이 될 때까지 나도 기다려주고 지켜봐야겠지. '애들아 잘 자, 엄마가 마무리할게.'

그만큼의 시간이 필요하다

다급하게 울리는 전화의 발신지가 이웃집이다. 부부 사이에 또 비상경보가 울리는 모양이다. 다급한 하소연에 그들의 포도밭으로 가보니, 부부가 서늘한 등짝을 보이며 일하고 있다. 온 밭에 싸늘한 냉기가 무슨 만화영화의 한 장면처럼 심상치 않다. 몇 년 전 이사 와 처음 인사를 나눈 그들은 잉꼬부부 그 자체였다. 서로를 존중하는 태도는 물론 나긋나긋한 서울 말투까지, 그야말로 드라마 속의 부부였다. 경상도 토박이인 우리 부부는 무뚝뚝한 말투에 거친 사투리까지 있어 그들 부부에 비하면 뭔가 애정 없는 부부인 듯 느껴졌다. 그러던 잉꼬부부의 갈등이 하루가 다르게 깊어졌다.

귀농한 부부들에게 삼 년을 마의 시간이라고 한다. 삼 년을 잘 견디면, 어느 누구와 살아도 보살이 된다는 말이 있을 정도로 귀농 초기는 모두가 힘들다. 그때의 다툼은 신혼부부의 밀당과는 차원이 다르다. 결혼 생활이 이십 년이 넘고도 막상 귀농을 한 후 경험하는 부부 생활은 너무나 낯설다. 도시에서 살 때는 서로가 바쁘게

252

지낸다. 그러니 부부라도 같이 지내는 시간이 얼마 되지 않는다. 서로 바쁜 와중에 같이 보내는 시간도 적으니 다툼도 오히려 그렇게 크지 않다.

그런데 농촌 생활은 거의 24시간을 함께 보내야 한다. 이게 말처럼 쉽지 않다. 매일 같이 식사하고, 매일 같이 농사짓고, 매일 집에서 모든 순간의 일상을 같이 보낸다. 함께하는 즐거움보다 함께해서 생기는 불편함이 엄청 크다. 이렇게 모든 시간과 공간을 함께하다 보면 숨어있던 생각과 행동과 감정들이 그대로 드러날 수밖에 없다. 나도 그렇지만 상대도 그렇다. 오래도록 같이 지내왔지만 낯선 사람을 만나게 된다. 전혀 상상하지 못했던 새로운 모습을 보게 되고, 이해 못 할 성격과 행동의 패턴들을 발견하게 된다.

귀농 부부의 절절한 성장통을 제대로 경험한 선배 부부로서 그들의 어려움이 남의 일 같지 않았다. 서울내기 잉꼬부부에게도 그런 성장통이 격렬하게 일어나는 모양이다. 이웃에게 부부싸움을 다 까발릴 정도면 이미 불이 붙을 만큼 붙었을 것이다. 두 사람은 뚱하니 말조

차 섞기 싫은지 포도밭 양 귀퉁이로 떨어져 있다. 각자 입장을 들어보면, 그야말로 하늘과 땅이다. 펭귄과 북극곰을 한곳에 모아서 화해시키는 게 이보다 쉽지 않을까 싶다. 상대방을 탓하는 서로의 넋두리도 똑같다. 자신은 너무 힘들고 외로웠는데, 잘 몰라줘서 화가 나고 지쳤다고 한다.

'나 너무 힘들고 지치는데, 위로받고 싶어.', '당신의 도움이 필요해.' 각자 너무 아파서 날 선 고슴도치가 된 것이다. 뾰족한 가시가 자신의 몸을 찌르고 있으니, 당연히 다른 사람을 돌아볼 여유가 없다. 도움을 간절히 원하면서도 자신의 예민함으로 오히려 서로를 할퀴고 상처주고 있는 것이다. 힘든 상황을 억지로 버티다 이렇게 터지고 만다.

농촌의 삶은 금방 익숙해지지 않는다. 몸을 움직이면서 살아가는 방식이 여전히 서툴고 쉽지 않다. 농사라는 것이 밤새워 공부한다고 이해가 되거나, 노력한다고 금방 잘될 리 만무하다. 농사뿐 아니라 시골의 살림살이도 다 그렇다. 돈을 주고 서비스를 맡길 수도 없고, 스스로 하나씩 해결하고 방법을 찾아야 한다. 기초과정을 건너뛰는 중급이나 고급과정이 있어서 속성으로 공부하고 준비할 수 있는 것도 아니다. 그저 시간과 경험을 통해 조금씩 알게 되는 것들이다.

하나를 알고 나면 또 하나를 배워야 한다. 듣는다고 바로 이해가 되는 것도 아니다. 풀을 베고, 고랑 만드는 법을 옆집 아줌마에게 배웠지만 내 안에서 자연스럽게 터득되고 나만의 지혜로 영그는 데는 또 그만큼의 시간이 필요하다. 그 모든 것이 잘 익어서 향이 나고 맛이 들기까지, 부부는 그 시간을 그저 잘 견디고 이겨내야 한다. 그렇게 맛나는 장으로 익기까지 거의 삼 년 정도 걸렸던 거 같다.

우리 부부도 원수처럼 다투다가 급기야 전우애로 발전했던 과정이 있었다. 포도 수확을 마무리하고 한창 출하 작업을 하던 가을이었다. 공판장에 출하하기 위해서는 수확한 포도를 선별하고 포장하는 작업을 해야 하는데, 포도 상태가 좋지 않아 우리는 밤에 작업하기로 했다. 다른 사람들의 눈과 입을 피하고 싶어서다.

풀벌레 소리 가득하던 가을밤에 그렇게 우리 둘만 남았다. 삼 년을 내리 농사가 망한 터라 다른 사람들에게 우리 처지를 보이고 싶지 않았다. 농사가 잘 안되고 살림살이도 어려워지자, 몸도 힘들고 마음도 힘들었다. 부부 사이도 금이 가기 시작했다. 서로를 탓하면서 얼마나 힘들고 고통스러운지 자신을 봐달라고 악을 썼다. 소출 없이 망해버린 농사도 슬프고, 우리의 처지도 슬프고, 그렇게 우리는 좌절하고 무너지고 있었다. 그런 상황에서 이웃들의 한두 마디는 애정 어린 충고라기보다 온몸과 마음을 할퀴는 채찍질 같았다. 나름대로 최선을 다한 농사였지만 결과는 매번 최악이었고, 몇 년째 반복되고 있었다. 이장님의 창고 한 귀퉁이를 빌려 포도 작업을 하는데, 우리뿐 아니라 우리 포도까지도 온 동네의 구박덩이가 된 듯했다.

왜 제초제를 치지 않냐, 풀에 양분을 뺏기지 않으려면 비닐을 덮어야 하지 않냐, 농약도 비료도 안 쓰고 농사 망하고 싶냐, 애들도 커가는데 자꾸 이렇게 고집을 부리면 어떡하냐. 구구절절 맞는 말이지만 우리에게는 자

4장 자연은 자연스레

존심이 무너지는 소리였다. 쉴 새 없는 잔소리에 힘들었던 우리 부부는 자연스럽게 다른 사람들이 없는 시간에 일을 하기로 한 것이다. 그해 가을, 우리는 항상 주눅 들어 있었고 스스로 외로웠다. 특별히 잘못한 것도 없이 다른 사람들의 눈을 피해 우리만의 포도 작업을 했다. 그나마 숨 쉴 만했고, 눈치 볼 일이 없어서 한결 편안했다.

둘만 있어서 마음이 놓였는지 마음속에 담아두었던 여러 가지가 자연스레 터져 나왔다. 서운하고 마음 아팠던 얘기들이 쏟아졌다. 밭이며 창고에서 들었던 얘기, 집하장에서 죄인처럼 들었던 모든 얘기를 하소연하듯이 서로에게 털어놓았다. 얘기하면서 울고, 얘기를 들으면서 또 울었다. 그렇게 귀농을 하면서 쌓였던 마음의 찌꺼기들이 흙탕물같이 쏟아졌다. 한번 봇물이 터지니 시댁에 속상했던 얘기, 형제자매들에게 서운했던 얘기, 이웃들에게 섭섭했던 감정들까지 흘러넘쳤다.

포도 작업을 했다기보다 가슴에 맺혔던 종기를 터뜨려 치료하는 과정이었다. 그저 조금 힘들다고 생각했는데, 종기가 제법 깊었는지 고름과 피가 끝없이 쏟아져 나왔다. 그렇게 남들에 대한 분노와 원망이 어느 정도 비워지고 나자, 자신을 살펴보게 되었다. 뭔가 의미 있게 잘 살고 싶은 '자신'이 있다. 이기심으로 자신만의 이익에 집착하는 사람이 아니라 사회와 미래를 위해 필요한 사람이 되고 싶었다. 그러면서도 좋은 것을 누리고 싶고, 폼 나 보이고 싶고, 남들보다 풍족했으면 하는 욕망도 있었다. 내 안의 이상과 현실적인 욕심들이 그렇게 뒤엉켜 때론 정신승리를 하면서 버티기도, 때론 분노하고 몸부림치기도 했다. 내 마음을 봐야 했는데 회피하고 무시하면서 남 탓하기에 바빴다. 나를 가리던 두꺼운 상처를 들춰내고서야 비로소 내가 보이기 시작했다. 내 안의 욕망을 직면하고 인정하니 제대로 나를 위로하고 이해하게 되었다.

가을이 끝날 때까지 우리 부부는 포도 작업을 하면서 마음의 창고를 청소했다. 많은 것들을 버리고 정리하면서 수많은 감정을 보내고 또 보내주었다.

소박하고도 단순한 삶

겨울이 될 즈음 우리는 조금 가벼워졌다. 많은 이야기를 나누고 또 들어주면서 전우라도 된 듯 서로에게 의리가 생겼다. 포탄이 쏟아지는 전쟁터에서 마치 둘만 살아남은 듯, 그렇게 서로를 위로하고 의지하게 되었다. 아무도 이해해주지 않는 절망과 외로움을 공유하면서 서로에게 둘도 없는 친구이자 동지가 되었다. 서로를 탐닉하던 연애 시절의 감정과는 다른 사랑이고, 연민이다. 나의 아픔을 가장 잘 알아주는 사람이 생긴 것이다. 나의 괴로움을 누구보다 공감하는 사람을 찾은 것이다. 구구절절이 설명하지 않아도 내 편이 되는 그런 사람을 만난 것이다. 고난의 긴 터널을 함께 극복한 사람은 그렇게 서로에게 소중하고 편안하다. 이런 게 부부가 아닐까. 자존심을 내세울 필요도, 무언가를 숨길 필요도 없다. 아픈 상처를 보여도 부끄럽지 않다. 날것 그대로 드러나도 자존심 상하지 않는다. 우리는 서로를 통해 조금씩 위로받고 치유되었다. 나를 이해하는 단 한 명 때문에 용기가 생겼고, 한 걸음씩 앞으로 움직일 수 있었다.

후배들도 이렇게 부부가 되기 위해 성장통을 겪는 중일 것이다. 수많은 파도를 만난 몽돌처럼 자신이 무너지고 또 비워지는 과정을 아프게 경험하고 있을 것이다. 고름을 짜고 소독을 해야 종기 가득한 상처가 치유되는 법이다. 처음에는 종기를 건드리는 것만으로도 너무 아프고 쓰리지만, 이 과정도 몇 번 하다 보면 제법 시원하면서 치유되는 기쁨도 있다.

시골살이를 위해 엄청난 투병의 시간을 보내고 있는 후배들에게 맛난 음식이라도 대접해야겠다. 시래기국 끓여서 속을 든든히 채우고 소주 한잔으로 속풀이라도 해야지. 그들 부부에게도 오늘 하루가 그런 과정이었을 것이다.

포도밭 일을 마치고 집으로 돌아오는 길은 때론 덥고 피곤하지만, 자연 속에서 하루를 잘 보내고 돌아오는 여행자의 마음이기도 하다. 오늘 하루 수고했다며 웃음을 나누면 그것으로 충분하다. 더 할 것도 더 하고 싶은 것도 없는 소박하고도 단순한 삶이다. 이런 행복을 맛보고 알게 되었으니 오늘 하루도 귀하고 즐겁다.

4장 자연은 자연스레

봉강의 사계

김정열

여성 농민으로 삼십삼 년째 살고 있다. 지금까지 논
밭에서 일할 수 있는 것은 큰 행운이자 모든 이들의
덕분이다. 늘 감사한 마음으로 산다. 여성 농민 공동
체 활동을 통해 아름다운 세상을 꿈꾼다.

돌이켜보면 계절을 지난다는 것은 함께일 때였다. 함께 쑥을 뜯으며 봄을 맞았고, 함께 냇가에서 물고기를 잡으며 더위를 넘었고, 함께 벼를 베며 가을을 보냈다. 함께가 아니었으면 건너지 못했을 시간들이다.

이제는 기후변화로 계절이 사라져 간다. 봄이 왔나 싶으면 여름이고, 여름은 끝날 줄 모른다. 일 년의 절반이 여름이다. 금방 지나갈 가을은 오기도 전에 미리 마음을 단단히 먹게 만든다. 그래야 아쉽지 않기 때문이다. 겨울은 안 추워서 실망하거나 너무 추워서 놀라거나 둘 중 하나이다. 계절이 변하는 것은 나의 삶이 변하는 것이다. 계절이 뒤죽박죽되는 것은 지금까지 살아온 나의 삶이 뒤죽박죽되는 것이다.

그럼에도 아직 우리 여성 농민들에게는 계절이 남아있다. 봄이 오면 봄의 먹을거리를, 여름에는 여름의 먹거리, 가을에는 가을 먹거리, 겨울에는 겨울 먹거리와 함께 살아가기 때문이다.

봄은 맛있다

봄은 나물로 온다. 찬 겨울바람이 채 가시기 전이지만 정월 대보름만 지나면 괜히 마음이 들떠 호미 들고 텅 빈 들판이라도 한 바퀴 돌고 싶어진다. 땅속의 작은 틈에서 조금씩 조금씩 올라오는 바람, 봄바람 때문이다. 아직 녹지 않는 땅이지만 고개를 숙이고 자세히 살피면 자줏빛 냉이가 더러더러 보인다. "앗싸, 봄이다!"

봄이 시작되면 어깨에 농사일만 주렁주렁 달리지만 그래도 봄이 좋다. 봄이 되면 농민이 살아난다. 농민은 땅이 춤출 때 살아나는 사람들이기 때문이다.

"상추씨는 여기에, 배추씨는 저기에 뿌려서 키워 먹어야지. 지난가을에 뿌려놓은 삼동초는 이제 곧 푸른 싹을 올릴 거야." 쑥은 어떻고, 달래는 또 어떤가. "쇠기 전에 어서어서 해 먹어야지." 나 혼자 계획에 신이 난다.

맛있는 나의 봄은 1991년에 시작되었다. 처음 상

주에 내려온 그해 4월, 내 손으로 처음 쑥을 뜯었다. 쑥이 어떻게 생긴지도 잘 몰랐던 터라 얹혀살던 농민회장 사모님 뒤만 졸졸 따라다니며 봄을 배웠다. 쑥은 양지쪽부터 올라오는데 마을 누구네 논둑에 가면 제일 빨리 올라온다, 쑥을 캐면 바로 다듬어 바구니에 넣어야 뒷일거리가 적다, 쑥국을 끓일 때는 마지막에 밀가루를 개어 넣어야 빡빡하니 맛있다 등 쑥에 대한 모든 것을 그분에게 배웠다. 삼십 년도 더 지난 지금, 내가 그분 나이가 되었고 그분은 팔십 넘은 할머니가 되셨지만 지금도 여전히 나의 봄 선생님이다.

그 이듬해 결혼하면서 나도 나의 봄맛을 하나하나 늘려가게 되었다. 4월쯤 상추 씨앗을 뿌려서 손가락만 하게 나풀나풀 올라오면 솎아서 비벼 먹기, 겨울을 난 뿔시금치의 달큰한 맛 즐기기, 아욱으로 구수한 된장국 끓이기, 마늘잎 뜯어서 고추장에 무쳐 먹기 등 봄은 먹어야 한다. 이른 봄부터 뽑아 먹던 토종배추에서 꽃대가 올라와 노란 꽃이 피면 이제 나의 봄은 끝난다.

비가 오는 것도 아닌데 우비를 입는 수밖에 없다. 임신 7개월이 넘은 배는 허리를 숙일 수 없을 정도로 불편했다. 차라리 우비 바지를 입고 물 있는 논에 앉는 것이 편할 것 같았다. 지금처럼 우렁이가 논의 피와 풀을 먹는 농법도 나오기 전이니, 제초제를 치지 않고 논농사를 지으려면 오직 사람 손으로 벼 포기 사이의 풀을 뽑는 수밖에 없었다.

처음 논농사를 지었던 1991년 여름, 첫아이를 임신하고 있었지만 벼보다 더 큰 피와 풀을 그냥 볼 수만은 없었다. 지금이라도 뽑지 않으면 수확을 못 할 지경이었다. 8월 한여름의 벼는 내 허리춤보다 더 컸다. 몸보다 더 무거운 장화를 신고 무논을 걷기도 힘들고 날카로운 벼에 얼굴을 찔려 따갑기도 했지만, 그보다 더 힘든 것은 허리를 숙이는 일이었다. 그래서 그 더운 한여름에 우비 바지를 입고 나락 골 사이에 앉아서 풀을 뽑았다.

그 후로도 논농사에 경험과 기술이 쌓일 때까지 나는 꽤 오랫동안 여름이면 논에서 살다시피 했다. 날이 뜨거워도 쉴 수 없고, 비가 와도 쉴 수 없었다. 나락을 얼마나 수확하느냐에 우리 다섯 식구의 생계가 달려있기 때문에 여름은 논에서 시작해서 논에서 끝났다.

뜨거운 뙤약볕에도 비가 와도 논에서 일하는 나를 보고 아는 분들은 얼마나 힘드냐고 안쓰럽게 물었다. 내 대답은 "발이 물속에 있으니 덜 덥고, 비가 오면 시원해서 괜찮아요"였다. 참말 그때는 그랬다. 혼자 논에 있으면 모든 것이 고요해서 좋았다. 오직 바람에 흔들리는 벼 소리만 동무 삼아 나도 같이 조용하게 침잠되는 온전한 내 시간이었다.

나는 사계절 중 여름은 좀 무섭다. 특히 여름에 내리는 폭우는 정말 무섭다. 1999년 8월이었다. 밤에 비가 얼마나 쏟아지는지 세 아이를 안고 뜬눈으로 밤을 새웠다. 아침에 밖에 나가니 집 뒷산이 무너져 집 담벼락을 덮쳤고, 동네 개울이 넘쳐 도로가 끊기고 마을이 고립되었다. 전봇대가 쓰러져 전기도 3일 넘게 끊겼다. 낮은 지대에 있던 여러 집들이 토사로 덮혔다. 날이 밝자마자 집은 뒷전으로 두고 남편은 급히 우리 논으로 갔다. 집보다 논이 어떻게 되었는지가 더 중요했다. 논을 둘러보고 온 남편은 말을 못 했다. 나중에 보니 우리 논 70퍼센트 정도가 수확을 못 할 지경이 되어버렸다. 그 일 년을 어찌 살았는지 이제는 기억도 가물가물하지만 생활비가 없어 천만 원을 농협에서 대출했던 기억은 또렷하다. 그 천만 원을 갚는 데 십 년이 걸렸다. 그 뒤로는 여름에 비만 오면 겁이 났다. 특히 밤에 비가 쏟아지면 더 무서웠다. 또 그때처럼 그 난리가 날까 봐 걱정이 되어서 잠이 안 왔다.

요즘은 여름에 두려운 것이 더 늘었다. 폭염이다. 올해 더위를 뭐라고 묘사해야 할지 잘 모르겠다. 등이 타는 듯하다고 할까? 밖에 나가는 것이 겁난다고 할까? 아무튼 견디기 어려운 긴 여름이었다.

어떤 할머니가 참깨밭에서 돌아가셨다는 등 농민들이 논밭에서 일하다가 온열 질환으로 사망했다는 뉴스들이 나오지만, 그래도 농민들은 일을 멈추고 집안에만 있을 수 없는 사람들이다. 폭염을 견디기 힘든 것은 작물들도 마찬가지라 해야 할 일이 더 많아진다. 너무 뜨거우면 차광막을 쳐서라도 더위를 막아줘야 하고, 아침저녁으로 물이라도 주어 작물들을 살려야 한다. 생명을 살리는 것, 생명을 살게 하는 것이 농민이다. 이제는 일 년에 절반은 여름으로 살아야 하는 요즘 계절이 두렵다.

가을은 단풍으로 오지 않는다

나에게 가을은 콤바인이다. 콤바인과 함께 가을을 난다. 요즘은 콤바인이 발전해서 나락을 포대로 받지 않고 기계로 받는다. 그리고 기계로 받은 나락은 기계로 말리고 기계로 이동해서 마무리된다. 그러다 보니 예전보다 훨씬 수월해졌지만 근 이십 년 이상 남편이 작은 콤바인을 운전해서 나락을 베면 나는 콤바인 뒤에 올라타서 포대로 나락을 받아야 했다. 먼지가 얼마나 나는지 종일 일하고 나면 콧구멍이 새까매졌다.

고추, 생강, 양파 등 다양한 밭농사도 있지만, 쌀농사가 주업이다 보니 봄에 모심고 가을에 나락 베는 것이 제일 큰일이고, 제일 힘든 일이다. 봄에 모심는 일은 날도 따뜻하고 해도 길어서 괜찮은데, 가을에 나락 베는 일은 서글플 때가 많다. 가을에는 다섯 시만 넘으면 어두워지고, 언제 낮에 볕이 있었는가 싶게 금방 추워진다. 늦게라도 오늘 중으로 일은 끝내야 하는데, 춥기는 하고 배도 고프고 하면 정말 서글프다.

깜깜할 때 일을 끝내고 집에 들어가면 제일 먼저 따뜻한 물에 목욕하고 싶은데 그럴 수 있는 경우는 거의 없다. 시어른, 아이들, 같이 일한 남편 밥까지 차리는 것이 우선적인 내 일이었기 때문이다. 지금은 시어른도 돌아가시고, 아이들도 다 커서 집을 떠나 남편과 둘만 있으니 그럴 수 있어 좋다. 일하고 집에 들어오면 제일 먼저 내 몸부터 씻는다. 그렇게 내 가을도 바뀌었다.

농사꾼에게 가을은 항상 숨 가쁜 일거리들의 연속이다. 들깨는 반드시 알이 떨어지기 전에 베어야 하고, 나락도 서리 오기 전에 베어야 밥맛이 좋기 때문에 시기를 놓치면 안 된다. 마늘과 양파도 심어야 할 때를 놓치면 아예 못 심게 되기 때문에 시기를 놓치지 않으려 항상 동동거려야 했다. 얼음 같은 된서리와 금방 넘어가는 짧은 해는 야속하기만 했다. 그러다 보면 단풍 구경은 고사하고 어느새 김장, 메주 쑤기 등 겨울 일거리가 코앞에 있다.

그나마 그 계절을 견디게 해준 것은 자욱한 담배 연기와 막걸리였던 것 같다. 처음 이 마을에 내려왔을 때 나는 타임머신을 타고 과거로 돌아간 줄 알았다. TV에서나 보던 〈전원일기〉 사랑방이 여기에 있었다. 청년 일고여덟 명이 좁은 방에 모여 술을 먹기도 하고, 내 집인 양 잠도 잤다. 서울에서 대학을 졸업하고 처음 시골에 내려온 나는 TV를 보는 것처럼 마냥 신기했다. 그리고 부럽기도 했다. 서로가 이렇게 이물감 없이 지내는 것이 말이다. 기타를 치던 청년도 있었다. 이제 더는 기타를 잡지 않는 중년 아저씨가 되었지만 말이다. 오줌 누러 밖으로 나오면 깜깜한 밤하늘에 반짝반짝 별이 빛나던 그 가을밤은 꽤 낭만적이었던 것 같다.

이 청년들이 매일 밤 사랑방에 모인 이유는 정부의 지원을 받은 '기계화영농사업단'일 때문이기도 했다. 1990년 정부는 이앙기, 콤바인 등 농기계를 마을 단위로

4장 자연은 자연스레

공동 지원하는 사업을 시작했다. 마침 이 마을 청년들도 사업에 선정되어 이앙기, 콤바인을 공동으로 소유하여 모심기, 벼 베기에 사용하게 되었다. 생전 처음으로 이앙기를 몰고, 콤바인을 사용하니 마음도 부풀고 걱정되는 일도 많았을 것이다. 게다가 공동으로 하는 일이니 의논할 일도 많아 그렇게 매일 밤 모였다.

　　동네에 처음 들어온 콤바인은 모든 사람들의 구경거리였다. 자기 집 콤바인 작업이 아니어도 논둑에 쭉 둘러앉아 '촥촥촥촥' 줄 맞춰 벼 베는 기계를 신기하게 바라보았다. 또 공동 작업으로 여럿이 함께하는 일이라서 막걸리와 안주는 기본이었다. 당시만 해도 식당에서 밥을 먹는 것은 생각지도 못할 때라 나락 베는 집에서 해온 밥을 들에서 함께 먹었다. 그렇게 마을 벼 베기를 하다 보면 마지막 집은 얼음이 꽁꽁 언 12월이 되어야 마칠 수 있었다. 그렇게 벼 베기가 끝나면 어느새 가을도 끝나 있었다.

겨울은 따스한 휴식의 계절

겨울에 눈이 오면 가끔 토끼도 잡아먹었다고 하면 모두 신기하게 쳐다본다. 어떤 사람은 '혹시 거짓말하는 거 아니냐?' 하는 눈빛이다. 그때는 진짜 그랬다. 겨울밤은 길었고, 눈 오는 겨울밤은 환해서 더 길었다. 그 긴 겨울밤을 나기 위해서는 동무가 필요했다.

산골이다 보니 눈 오는 날 젊은 청년들이 산으로 토끼몰이를 나가면 금세 한두 마리는 잡아왔다. 청년들은 청년들대로 한 방 차지해서 놀고, 새댁들은 새댁들대로 아이들과 부엌방에 진을 치고 놀았다. 놀고 있으면 남자들이 토끼를 잡아와 요리를 부탁했다. 토끼고기 맛이 기억나지 않으니 나는 먹지 않았던 것 같지만, 토끼 요리를 한 커다란 양은 냄비는 기억난다. 아래채에서는 화투를 치며 왁자지껄한 청년들 웃음소리가 차가운 겨울밤 공기를 갈랐고, 안채에서는 새댁과 아이들 노는 소리가 군불 연기와 함께 피어올랐다. 지금 생각하면 참 따뜻했던 겨울밤이었다.

우리 동네 길은 경사가 심해 폭설이 내리면 차가

다니지 못한다. 자가용도 위험해 눈이 많이 내리면 아예
운전을 안 했다. 물론 버스도 길이 미끄러우면 운행을 중
단했다. 눈이 많이 내려 길이 얼면 당연히 길이 끊기려니
하고 안달하지도 않았다. 오히려 고립이 주는 평온함이
있었다. 그동안 못 한 집안일을 하거나 그 전에 한쪽에
밀쳐둔 책을 들춰보기도 한다. 동네 밖으로 못 나가니 심
심하면 이웃에 놀러도 간다.

"뭐 해요?"

현관문을 열고 들어가면 그이도 심심했는지 반갑
게 맞아준다.

겨울의 끝은 정월 대보름이 지난 후이다. 그래서
동네 할머니는 나에게 "새댁이 정월 대보름이 지나면 문
고리를 붙잡고 운다"고 말해주셨다. 처음에는 그 말이 무
슨 뜻인지 몰라 "왜요? 왜 울어요?"라고 물었다. 그랬더
니 "정월 대보름이 지나면 일 철이 닥치니 일할 걱정에
운다"고 웃으며 말씀하셨다. 농민들에게 겨울은 새로운
봄을 맞기 위한 긴 휴식기이고, 그 휴식은 마을 안에서 함
께하는 쉼이었다.

이제는 겨울에도 쉬지 않는다. 다들 바쁘다. 겨울에도 쉬지 않고 농사일을 하는 집도 있고, 나다니느라 더 바쁜 사람도 있다. 논농사만 지어서는 먹고 살 수 없는 현실에 겨울에도 뭐라도 수입이 되는 일을 해야 하기 때문이다. 이제는 농사만 짓는 농민이 아니라 이것저것 다양한 일을 하는 농민들이 많다 보니 겨울이라고 조용할 리 없다. 나도 그 축에 낀다. 단체 활동이 많다 보니 농사일 때문에 못 한 일들을 해치우느라 겨울에 더 바쁘다. 동네 사람들 얼굴 볼 여가도 없다. 세상이 변했기 때문이기도 하지만 농민들의 생활 양식이 바뀌었기 때문에 겨울이 더 바쁘기도 하다. 나는 그중에서도 자가용이 많은 걸 바꿨다고 생각한다. 집집마다 자가용이 없던 시절에는 마을 밖에 잘 나갈 수가 없어 주로 동네 안에서 일도 같이 하고, 같이 먹고, 노는 것도 같이 했다.

여자들은 김장하고 메주 쒀서 달아놓으면 겨울 준비가 끝났다. 그러고 나면 밥해 먹기도 단출해지니 부엌일도 줄어든다. 김장김치에 무시래기국이면 끝이다. 기분 내킬 땐 청국장에 무생채나 배추 생채를 곁들이면 최고의 겨울 밥상이다.

언니네텃밭

2009년부터 얼굴 있는 생산자와 마음을 알아주는 소비자가 함께하는 '언니네텃밭' 봉강마을 공동체를 꾸려서 활동하고 있다. 마을 여성 농민 열다섯 명이 함께한다. 각자 텃밭에서 자기 식구들이 먹는 것처럼 농사를 지어서 도시 가정에 일주일에 한 번 먹을거리 꾸러미를 보내는 일이다.

예전부터 여성 농민들은 다양한 반찬과 먹을거리들을 직접 길러 왔다. 여성 농민들의 밥상은 텃밭에서 준비되고 차려졌다. 식구들이 좋아하는 것은 더 많이 심고, 식구들에게 먹이고 싶은 것은 더 많이 키웠다. 식구들이 먹는 것이니 아침저녁으로 정성껏 키웠다. 여성 농민들의 텃밭은 계절별로 달라졌다. 봄에는 상추, 배추, 열무, 아욱 등 잎채소류가 많이 심겼고 여름에는 오이, 호박, 가지, 고추 등 열매채소가 밭을 풍성하게 했다. 더위 타는 식구에게는 오이냉국만 한 게 없으니 오이는 꼭 심어야 한다. 가을 텃밭에는 김장할 채소들이 자란다. 배추, 무, 총각무, 쪽파 등. 고들빼기김치를 좋아하면 고들빼기 씨앗도 받아다가 한쪽에 뿌려둔다.

가을이 끝나갈 무렵에는 이른 봄에 먹을 채소 씨앗들도 미리 뿌려놓아야 한다. 그렇지 않으면 이른 봄에 먹을 채소가 없어 아쉬워진다. 상추, 배추, 시금치는 봄에 씨앗을 뿌리기도 하지만 가을에도 뿌려서 겨울을 나게 해야 한다. 그래야 이듬해 일찍 먹을 수 있고 채종도 할 수 있다.

계절에 따라 무엇을 먹고 먹어야 하는지, 언제 어떻게 먹는지, 이런 여성 농민들의 지식과 지혜를 담아 십오 년이 넘도록 매주 도시 소비자들에게 먹을거리 꾸러미를 보내고 있다. 꾸러미를 하니 잊었던 계절도 또렷이 살아난다. 꾸러미 회원 중에 제일 연세 많으신 분은 팔십 대 중반을 넘기셨다. 그분들에게 예전에 드셨던 계절 음식들을 배우고, 예전 토종 종자들을 통해 계절을 이어가고 있다.

봄 꾸러미는 들판의 야생 나물이 많이 들어간다. 꾸러미 회원 전체가 들로 나가 냉이를 캔다. 냉이에 꽃대가 올라와 못 먹을 때가 되면 쑥이 올라온다. 쑥이 연할 때는 생으로 보내 쑥국으로 드시도록 안내하고, 쑥이 억세지면 낫으로 베어 삶아서 쑥떡으로 보낸다. 쑥 다음에는 달래가 올라온다. 머위의 연한 잎도 봄의 먹거리이다. 머위잎은 살짝 데쳐서 보낸다. 머위는 된장도 꼭 함께 보낸다. 머위는 된장에 무쳐야 맛있기 때문이다.

여름에는 오이, 고추, 가지도 먹어야 하지만 고구마순도 빼놓을 수 없다. 고구마순을 베어다 삶아서 껍질을 까서 보낸다. 꽤 손이 많이 가지만 그래도 먹어야 하는 계절 음식이니 꼭 보낸다. 붉은 고추를 갈아 넣은 고구마순 김치도 여름 음식이다.

가을에는 호박잎이다. 가을에 통통하게 살이 오른 호박잎을 강된장과 함께 쪄 먹어야 한국 사람이다. 도시 사람들이 살 수 없는 것 중의 하나가 호박잎일 것이다. 호박잎은 유통기간이 길면 억세져서 못 먹는다. 아무리 가공 기술이 좋아져도 부드럽고 맛있는 호박잎은 여성 농민이 보내는 토종호박잎이다.

겨울 꾸러미를 위해서는 가을에 부지런히 말리고 저장해두어야 한다. 무도 저장했다가 겨우내 보내야 하고, 무시래기도 잘 말렸다가 겨울에 요긴하게 쓴다. 무말랭이도 미리 해놓아야 맛있는 무말랭이 김치를 할 수 있다. 고추부각도 말려놓고, 가지, 호박도 말려야 한다. 그러다 보니 사계절 내내 정신없이 농사짓고 갈무리해 꾸러미를 싸고 보내야 하지만 덕분에 계절을 놓치지 않고 산다.

변하는 계절의 흐름 속에서도 계절을 잃어버리지 않기 위해 여성 농민들은 안간힘을 쓴다. 할머니들의 기억과 이야기 속에 담긴 계절을 놓치지 않으려고 한다. 그리고 그분들의 토종씨앗 속에 사계가 담겨 있기에 그것을 지키려고 한다. 여성 농민들은 안다. 우리를 살게 한 것은 우리들의 계절이었음을.

촌촌여전
열다섯 겹의 여성 로컬 라이프

© 상주다움사회적협동조합

지은이	곽경미, 김정열, 김주애, 김혜련, 남수영, 노니, 박현정, 박환순,
	변영진, 우경화, 전미희, 정경해, 정숙정, 파도, 황진영
기획편집	김병희, 김주애, 김혜련, 변영진, 정숙정

펴낸 곳	지식의편집
책임편집	김희선
디자인	손현주
등록	제2024-000018호(2020년 4월 10일)
주소	인천 중구 율목로 32번길 6-2 301호
이메일	jisikedit@gmail.com

1판 1쇄 펴냄	2024년 12월 30일
ISBN	979-11-990732-0-3 03810

이 도서는 상주시의 지원을 받아 상주다움사회적협동조합의 지역공동체 사업의 일환으로 제작되었습니다.

파본은 구입처에서 교환해드립니다.
책값은 뒤표지에 있습니다.